曹俊彥的青澀歲月

曹俊彥 撰文、繪圖　游珮芸 企劃

書名頁圖片說明

如願考上有許多美術相關課程的台北師範藝術科，在我的人生中是相當快樂如意的一段，只有狂奔的畫面可以表現這種心情。

這幅畫，也正好讓我想起，學校運動會時，有一項分科接力的趣味賽跑。接力棒改成可代表各科特色的道具，普通科是揹書包，裡面放一本字典和幾本課本；音樂科要拿一樣樂器，有人建議拿口琴，因為重量沒達到主辦單位規定的重量，後來改用小喇叭。藝術科規定要有畫板、畫架、顏料和畫筆。我平時就備有一套迷你的畫具組，包紮穩當，好拿著跑，接棒時，也很俐落，加上藝術科的同學本來就比較活潑好動，所以由藝術科一、二、三年級選出的代表隊，就不客氣的勇奪第一。本來理所當然應該得第一名的體育科聯隊，因為他們被規定必須以笨重的啞鈴或鉛球當接力棒，又重又難接手的情形，使他們無法展現速度，吃了大虧。還好，只是趣味競賽，大家笑得很開懷！

序

那個巴掌之後

曹俊彥

寫一本書，畫一本書，出版一本書，因為書會到處流通，到處去交朋友，所以很自然的會有一些迴響，從很客氣的讚美到很誠懇的討論。這些迴響是除了稿費或版稅之外，作者很重要的「收入」。

迴響是不可預期的，不可能像稿費，在出版甚至寫作前就先定一個數字。也不像版稅一般，可以定一個規則或標準。版稅可以藉由努力推介而提高。迴響可得等待讀者，讀過你的書，有所感，並且有意願「行動」去表現他的「迴響」。這個「行動」包含打個電話，傳個簡訊，寫個短文，和作者約個會以及頒個獎等等。

《曹俊彥的私房畫》是我很早就想做，並且也多少已經動手寫，或畫了一些的畫，可是也常常想到，它是否有出版價值？總覺得，好像只是個人的一些「八卦」，別人會有興趣嗎？後來承蒙游珮芸女士，積極的計畫將它編入 mini & max 叢書，還投入時間採訪、錄音、撰稿。我不能讓她一頭熱，便找時間，努力回憶童年的圖像，用粗糙但誠懇的墨線，慢慢的畫出來。在畫圖中引起更多的回想，並且，發現這樣的寫作，不只是趣味八卦的表白，如果把焦點放在「說自己的故事，為台灣歷史的細節補白」，那麼這本書就好像比較「偉大」起來了，而出版這本書的目的：「請大家在為孩子說故事的時候，別忘了也說自己的故事。」就更清楚了。

這本書第一個迴響是李公元打來的電話，他說很精彩哦！什麼時候出版下一冊呀！總不能讓我們停在你被打了一個耳光的畫面呀。五、六十年前的那一個巴掌，雖然很疼，但總算有人給予同情。

有一天到中華民國兒童文學學會開會，會後和王金選步行回家，一面走一面聊天，畫畫的人，聊圖畫的事情是很自然的，他問我關於前輩畫家金潤作的情形，並談到如果再看到當年在市立圖書館延平分館那幅百合花，是不是還能認得。我就重新描述一次當時那一幅畫給我的印象。走著走著，快到家的時候，金選才從他的背包取出一本很重的精裝書，是國立歷史博物館印製的《金潤作畫集》，他讓我看看畫冊裡有沒有在圖書館裡看到的那一幅？我們在人行道上，一面走著一面翻著，裡頭畫百合花的畫共有四幅，都不是當初看到的那一幅。金選把這本畫冊送給我，上面有金潤作的年表，我可以慢慢看。真感謝王金選，要送書給我，怕我太重了，所以等走到我家巷口才給我，真是細心又貼心。

書一出版就有三個演講的預約。第一個是台中小大莊女士，透過玉山社約的，那一天我摻雜著書中寫到的和書中沒寫的，關於我個人的一些小故事來說，以能夠引起大家回想他們自己的故事為主要訴求。每次一談書中有寫的部分，就有小大的會員幫忙宣布，這一段在書中的哪一頁，這表示她不但全部讀完了，而且記憶力超好，連第幾頁都記住了。

那一天正好是徐素霞老師在台中個展開幕的日子，就順道前往祝賀。在看畫展的時候，接到珮芸的電話，說日本來的四位大學教授，看了《曹俊彥的私房畫》想要訪問我的大哥。電話中得到大哥首肯之後，就和他們相約在士林捷運站，因為大家都是初識，怕在車站人來人往不易相認。想不到他們人手一冊《曹俊彥的私房畫》，就像以前中國大陸文革時期，大家手舉《毛語錄》搖著一般的姿勢，相當醒目，一下子就認出來了。

大哥已經八十六歲了，一向待客極為誠懇，還特別打電話叫女兒買水果、備茶點，並協助泡茶款待客人。四位教授分別來自東京、大阪、深谷和濱松，他們共同研究的題目是戰前日本殖民地的教育狀況。陪著他們，我聽到一些以前大哥沒說過的事，譬如大哥就讀太平國小的級任老師是日本人佐藤老師，曾經在帶他們去爬山時，經過台灣人的墳地，特別帶他們去讀墓碑上的文字，告訴他們要記得自己是台灣人。在殖民政府一心想把台灣人皇民化的時代，有這樣的小學老師是很稀奇的。又說到，他和另一位同學，在不知天高地厚的狀況下，想要去考當時大部分是日本子弟讀的北商時，這位老師特別撥出課外時間，義務給予加強，而終能考上。在北商的台灣人學生，會有與日本人一較高下的意識，學長對學弟不瞭解的功課，或是不會游泳等，都會義務而且嚴厲的給予指導。當時台灣的一般家庭怕危險，都禁止小孩到水邊嬉戲，大哥會游泳，就是讀北商時台灣籍學長教的。

隔了一個月，玉山社又來電，又有日本人看了《曹俊彥的私房畫》這本書，想訪問我，這一次指名是要和我見面。我很好奇的想知道是哪些內容引起他們的興趣？

當天，本來以為對方人生地不熟，所以約定在他們下榻的飯店大廳見面。但是因為臨時有事，怕趕不及，只好勞動他搭捷運到離我家較近的車站相會。

我趕到車站時，才想起來，忘了相互約定服飾的特色，初次見面，在人多的地方恐怕不易認出來。結果，在來去匆忙的旅客中，發現有人靜靜站著，而且身上穿著是日本傳統服裝「著物」，非常顯眼，接著，看他手提兩個袋子，其中一個上面平放著一本《曹俊彥的私房畫》，只有紅、白、黑三色的封面相當吸睛。當我還在對他的服飾感到驚奇的時候，他已經認出我的白髮朝我走過來，並且用很北京腔的華語跟我打招呼了；我還在四處搜尋他其他同行的日本朋友，他笑著告訴我只有他一人，笑臉上短短的鬍子在嘴邊一翹一翹的，很有喜感。

他的名字是鈴木常勝，鈴木的日本發音正好類似台語的「輸輸去」，可是他的名字卻正好取常勝。雖然統統輸了到頭來還是勝利者，真是很有意思的矛盾。因為他只懂得中國的普通話，這種由台語發音帶來的趣味，可能不太容易解釋。

鈴木先生很客氣，那一天的午餐他搶著作東，還帶來幾樣很特別的禮物。包括一條京都織品的圍巾，一件日式背心，一尊人偶，是日本戰國時代公主打扮的博多人形。更特別的是兩本書，都是他演紙芝居經歷的故事。原來，他二十五歲的時候，就在大阪市的巷弄裡推著腳踏車，打著拍板，演紙芝居，賣糖果、仙貝、麥芽糖，後來，到中國去學華語學針灸，還提著紙芝居到北京、青島、上海、紹興、陀山、廈門、廣州、昆明、蘭州、酒泉、敦煌、延安、延吉、土魯番、烏魯木齊等地做個人演出。

那一天，說是他來訪問我，後來都是我對他好奇的問了許多事情。原來他來台灣不只一兩次，而且還在台灣學了氣功。現在他以針灸為主業，每週在固定時間到大學講課。那一天，他還帶了他常常演出的紙芝居畫片來。可惜場所不太方便，不然就可以請他表演。

這本書除了哥哥姊姊們的共鳴和修正的意見之外，還有這麼多意想不到的迴響，真是很特別的經驗，所以寫下來和大家分享。要是有機會的話，很想邀常勝，再到台灣和大家談談紙芝居。因為我覺得紙芝居，對小朋友來說是不錯的東西。而這一本《青澀歲月》則是對於第一個迴響的回應，「那個巴掌之後」的續集⋯⋯。

第一部　再談「綠地」

第二部 小小東方中學，海納各路人馬

第三部　台北師範藝術科

第四部 我們這一班

第五部　等待孵出來的老師蛋

第一部

再談「緣地」

讀建國中學一年級時，因為英文和工藝兩科不及格，被留級。新學期，我沒有去註冊，讓母親非常煩惱。剛好母親和大哥在報紙上看到一家印刷廠在徵「美術設計」，就讓我帶著摹仿陳定國先生的古裝漫畫作品，去拜訪印刷廠的老闆王超光先生。王先生也畫漫畫，作品曾經以王花的筆名刊登在《新新》雜誌上。他看到我的作品，直說他小時候沒有畫得這麼好，不過我年紀太小，不適合當美術設計，就留我下來當見習的小弟。於是，我就到王超光先生的綠地印刷廠當學徒了。短短一年的「童工」時代，學到很多東西，也接觸到後來影響一生的事物。

手工照相打字

綠地印刷廠的設計部，有一位美術字高手，姓楊，下巴有一撮鬍子，大家都叫他「老羊」。老羊沒事的時候，都拿著小鏡子，用剪刀修剪自己那短短的鬍子。老羊可以寫各種字體的美術字，尤其是數字和羅馬字，沒有特別的案子要趕工的時候，他就以八開的卡紙，畫英文的所有字母，一張一種字體。再把這些文字圖稿送到製版廠，照相縮小成各種不同尺寸的玻璃版。

所謂的玻璃版就是硬式的底片。當時因為戒嚴的關係，許多物資不能自由進口，柯達或是富士的底片，又貴又少。製版廠都沿用日治時期留下來的方法，以蛋白調感光劑（好像是硫酸銅），利用離心力旋轉的方法均勻

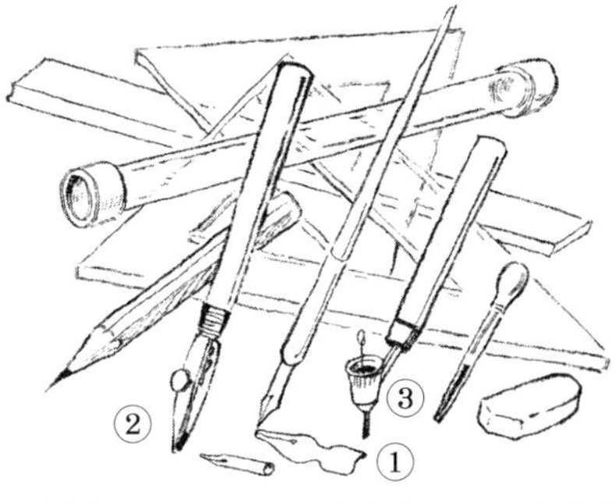

老羊完稿通常用 1. 沾水筆或 2. 鴨嘴筆，有時候也會用剛問世的 3. 針筆。

的塗佈在乾淨的玻璃版上，陰乾後作為底片。

這些大小不同字體的玻璃版（負片），就存放在印製相片的暗室裡待用。有一位

利用離心力均勻的塗佈感光液製作玻璃版。

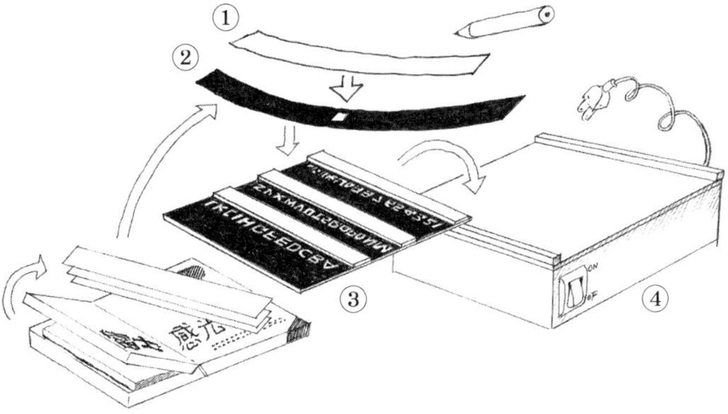

1. 切好的相紙 2. 開洞的黑紙 3. 玻璃版（底片）上面貼上厚紙軌道 4. 燈箱。

比我大兩三歲的男孩，很會洗印照片，叫做阿水仔，聽說是新竹鄉下來的，很沉默，但是做事很仔細。他在字體玻璃版上貼條狀厚紙板，做為軌道，再配合一張開著一個字大小的窗子的黑紙。就這樣在燈箱上，一個字、一個字的，小心移動著印相紙，準確的計算按燈的時間，就像變魔術一般，一個個英文單字、一行行的英文字句就這麼在顯影液中顯現出來。

好幾次，我陪阿水仔在暗房，看著他聚精

在暗房裡看阿水仔照相打字。

會神工作著，因為暗房是搭蓋在日式宿舍邊的排水溝上，偶而會有老鼠從他的腳邊鑽過去，他竟然可以完全不理會，只是專心的控制著字間和行間的距離，以及字句的正確性。沖洗出來的英文說明書，經過客戶的校對，和老羊的再修飾，又送回製版廠。就這樣來來回回好幾次，再縮小、再修正，最後變成印刷在四、五公分立方的藥盒上，或是裡面附加的超迷你的說明書。這種技術經過不斷的改進，才有後來自由變換字體、字形的「照相打字」，以及人人可以在家裡作業的電腦打字。回想這五十幾年來的進步，真是不可思議。

兩部「獨輪車」

我在綠地印刷廠的工作之一，就是將要製版的圖文稿件送到製版廠，將製成的玻璃版或鋅版拿回綠地。就在成都路和長沙街之間，來來去去步行。大概是好奇的我一路東張西望，耗掉不少時間，老闆王桑嫌我太慢了，叫我以後騎腳踏車去。可是我不會騎車。廠長張桑就推出一部舊腳踏車，叫阿水仔帶我到附近淡水河水門邊（成都路尾）練習騎。

我本來就很羨慕別人會騎車，很認真的跟著阿水仔學，很快的，就抖抖扭扭的上路了。那天，正要從成都路和康定路口迴轉時，遠遠傳來一陣警笛聲，一部大紅色的消防車叮叮噹噹的朝我這邊開過來，我想要快點閃到路邊，想不到把手變得特別不聽話，帶著我，人車一起去親吻黑色的電線桿。天旋地轉的，等我回過神來，只見阿水跑過來，笑笑的說：「啊，一台變兩台了！」我沒任何皮肉傷，可是本來就生鏽的腳踏車卻折成兩截。

摔成兩部獨輪的腳踏車。

我們一人提著一個輪子回到印刷廠，大家看到了，都笑著說：「哇，變成兩部獨輪車回來了。」可惜，我學腳踏車的故事也就這麼結束了。

廣告與美育

緣地是一個很有想法的印刷廠，不但幫顧客

模仿現代雕塑，研製吊飾式的廣告。

墨水盒內附贈的世界名畫與羅丹雕塑卡片。共五張，
有鑽石墨水字樣的是卡片背面。

印製精美的包裝盒、說明書，也為顧客設計各種廣告活動。更難得的是，在廣告活動中，同時進行對一般大眾美術知識的推廣。除了引用活動雕塑的概念，推出廣告吊飾之外，也和綜合化學公司的許炳棠先生一起設計，在鑽石墨水和鑽石鞋油的包裝盒中，附贈世界名畫與羅丹雕塑的卡片，希望讓台灣民眾美術欣賞的眼光，能漸漸與世界同步。雖然只是單色印刷的卡片，在當時還是很難得的。

綠地也隨時注意世界印刷技術的發展潮流，在經濟部相關機構的協助鼓勵下，進口德國製的凸版印刷雙色機，並與合作的製版廠一起研究照相分色的技術。在這之前，台灣普遍依賴技術高超的師傅，以經驗、眼力和精湛的手工進行分色製版。

我看著老闆王桑、廠長張桑和綜合化學公司的許桑認真研讀、討論新機器的組裝與運作，也跟著感染到一股蓬勃發展的朝氣！

後來，我離開印刷廠繼續升學，沒什麼機會回去綠地。六、七年後，在台灣省政府教育廳出版的中華兒童叢書中，看到承印的廠商有綠地在列，竟然也會有親切和欣慰的感動！因為能夠承印中華兒童叢書的，都是當時國內一流的印刷廠。

這種日治時期留下的舊式圓盤機，後來
就被德國製雙色凸版機取代了。

李大哥

在綠地印刷廠碰到小學同學李仁旭的哥哥——李仁卿先生是很幸運的事。他教我《世界美術全集》裡我看不懂的東西，帶我去他家看他的油畫作品，以及他為弟弟做的人像雕塑。他也帶我去拜訪過前輩畫家金潤作先生的設計工作室。李大哥還認真的看我畫的水彩和速寫，誠懇的鼓勵我。

我進綠地沒多久，李仁卿大哥因為服兵役先離開印刷廠。入

1955 年，李仁卿大哥照片。

伍後，隔一陣子，就寄一張明信片給我，圖文並茂的。他的文章就跟他說話的口氣一般，活潑、生動。我後來在學校寫的作文，就學他盡量以自己說話的口氣來寫，相當受到老師的誇讚。

李大哥是開南土木科畢業的，可以說是畫家陳德旺先生的學生。服完兵役之後，他考上台電公司，被派到菁桐坑，監督小型變電所的土木工程。他曾寫信邀我去玩，因為那兒風景好，礦場的景觀很特別。家人聽說是李仁

曹俊彥在青銅坑。

卿大哥的邀約，很放心的讓我一個人揹著畫圖用具，搭北上基隆的火車轉平溪支線前往菁桐坑。

菁桐坑

那天，到菁桐坑時，已經傍晚。吃過晚飯，有幾位煤礦工人和幾位做土木的泥

夜間山澗叉蝦。

水匠提著電瓶、戴著頭燈、揹著小魚簍來會合。我們一起摸黑往山谷走，到了小溪邊，打開頭燈，彎著腰，開始用裝有叉子的細竹竿叉蝦子。電瓶裡裝的是強酸液體，他們怕我不小心濺到身體會受傷，所以給我一把大手電筒。黑夜中，水裡的蝦子被燈光照到，似乎就呆掉了，兩個小小的眼睛反射著燈光，一動也不動的。因為蝦子受驚嚇會往後跳，他們教我叉子要往蝦身的稍後方叉，比較容易叉到。沒多久，大家的簍子就有五分滿了。我因為是第一次，而且一手握手電筒、一手操作叉子，叉到蝦子時，得先將手電筒放到口袋裡，才能空出手來取下蝦子，所以，回到工寮時，我的簍子倒出來的只有一點點。就在我洗澡換衣服時，那些溪蝦已經被裹粉、油炸，變成幾盤香噴噴的下酒菜。大家用吃飯的碗，混著米酒和橘子酒，一邊喝酒，一邊開心的聊著天。那酒喝起來香香甜甜的，我不知不覺就喝了一大碗，吃了許多香香酥酥的炸蝦，然後迷迷糊糊的進入夢鄉了。

礦場寫生

第二天，刺眼的晨光越過山稜線投射過來，穿越木板牆的縫隙，把我照醒。身旁的被單都已經摺疊整齊，工人們透早就在附近工地，默默的開始工作了。我出來漱洗，才看清楚工寮是用舊模板釘起來的。今天就和李大哥一起在煤礦作業區畫畫；他畫油畫，我畫速寫，有時候加一點淡彩。太陽很大，我到小商店去買了一頂斗笠來戴。雖然很想畫礦工們工作的情形，但是他們在礦坑裡，我們不能像前輩畫家洪瑞麟那樣下到礦坑裡，只能畫外面的風景。

炸溪蝦和橘子酒

工寮的清晨。

我發現輕便鐵路的末端，在一個高高的鐵架上，輕便車到那邊，就套進一個外圓內方的機具裡，工人按鈕，機具便來個一百八十度的翻轉，輕便車斗裡的碎石塊，就全部倒下去了。我跟李大哥說，那個外圓內方的東西，

鐵架上外圓內方的機具很像孫悟空的臉，礦工們也稱它為「車猴」。

很像是孫悟空的臉，他說礦工們也都叫那個東西為「車猴」，真是英雄所見略同。這個東西可以說是礦場的特殊景觀之一。聽說現在煤礦停採了，那個機具還留在那兒，讓遊客參觀。那一天我們也拍了一些照片，可惜有些因年代久遠，已經不知去向了。

李仁卿在青銅坑。

第二部

小小東方中學，海納各路人馬

年末，吃過綠地印刷廠的尾牙宴後，開始想回學校唸書。因為之前離開學校沒註冊，也沒辦理保留學籍，無法再回建國中學。媽媽打聽到大舅舅家的表哥在

東方中學附近，路邊的田園風景。

東方中學讀高中二年級，那兒也有初中部，因為是私立的，可以用同等學力插班，由初一下學期唸起。

媽媽就請表哥在過年後新學期註冊時，帶我去面談。

記起當時，東方中學只有幾間黑瓦白牆、木造加泥灰的平房教室，操場不大，校門在面向信義路的兩家小商店之間，看起來比較像是一個巷口。

註冊的那一天，在校門口遇到教官。

路不像現在這麼寬，兩旁還有許多稻田和菜園。學校後面是軍隊的車輛集用場，停著許多軍用大卡車，與學校之間只隔著幾根木頭柱子和鐵絲網，視野很好。後來，我常常在鐵絲網邊畫軍車的速寫。

胖教官

註冊的那一天，在校門口，碰到一位胖胖的教官，看到我，給我的第一句話是：「衣服怎麼那麼髒！」聲音很大。

其實，我的衣服很乾淨，只是沾到油墨和機油洗不掉而已。還好這位教官慈眉善目、像個彌勒佛，他的話讓我臉紅而不是害怕。那一天回家，媽媽已經準備好一套新的制服。媽媽常說：「新的無衣，受人欺」（台語），她並不知道早上教官的那一件事，只是希望我在新環境可以順利一些。當時不論公立或私立，初中生都是童子軍，所以新的制服還是卡其布的上衣短褲、船形便帽，領巾的顏色各校不同，肩上要佩戴綉著校名的肩章。

因為換了學校，這一切都得買新的，而且，私立的學費比較貴，和三哥常常領獎學金相比，這樣花錢讓我覺得真的很不好意思。

三哥的讀書怪招

三哥天生是一塊讀書的好料子，腦筋清楚，記性好。初中考進建國中學，因為成績優異，高中直接保送。高中三年級時，為了有更清楚的腦筋準備大學考試，反向操作的加入建中橄欖球隊，每天穿著黑衫黑褲，衝鋒陷陣，弄得又是泥又是汗的。他說肌肉適度的疲勞，思考會更敏捷，注意力會更加集中。

誇張的是，他在讀書的時候，一定開著收音機，聽古典音樂。別以為他只是利用優美的旋律營造氣氛，讓讀書更愉快而已；碰到廣播員介紹音樂家時，他還會順手做筆記，寫簡譜記旋律。後來相同的旋律

三哥溫習功課時，還一心二用的欣賞著古典音樂。

再播出時，他便自己考自己一般的背出作曲者和曲目來。

這麼不專心的讀書，竟然也能得到保送成功大學的資格。他知道成功大學是好學校，可是遠在台南，家裡還得花錢讓他租房子、住宿舍，於是大膽的放棄保送，投入聯考。這個貿然的決定，卻沒讓家裡的人擔心，因為他一向表現良好。果然，三哥後來考上台大土木系，而且是榜首。三哥讀書不但不用家人操心，隔些時候還會拿獎學金回家。大學四年級的時候，就以優異的成績申請到加州理工學院的獎學金。

他是外公的孫子輩當中，第一個出國留學的，所以搭機出國當天，外公還親自到松山機場送行。雖然前一天台北才遭逢葛樂利颱風侵襲，撫順街的房子被大水淹到半層樓那麼高，舢板船都撐到巷子裡來了。第二天水退

水淹撫順街。

了，班機照常起飛。四處極為泥濘，外公卻是笑顏如春風，迎接那天探出頭來的陽光。

認真的校長和好老師

東方中學的校長名叫陸自衡。聽說他在南京時，辦學認真，口碑很好。來台復校後，也很誠懇的到處邀請好的老師來任課或兼課。

年輕帥氣的賀亦新老師教我們國文，他引用一本課外讀物中提到的鬆緊帶作文法，教我們從一句話去延伸發展，寫成一篇觀念清晰的文章。這個作文方法，讓我後來在師範學校的入學考試中拿到不錯的成績。

路俞老師來上過幾堂美術課，是校長請他來兼課的。他看到我的作品，要我放學後到他的宿舍去玩。我真的去了，那是師大附中校內的宿舍，屋子裡書很多，也有畫冊。牆上掛著一幅大約八開大小的自畫像，線條簡單到只剩下詩的韻味，巧妙的強調了他那有點兒長的臉型，這幅畫至今讓我印象深刻。高一時我在台北市街頭巷尾畫「台北百景」的速寫時，就是朝著這種簡筆的風格探索，希望追出詩的味道來。

後來，在一些文學雜誌中看到路老師的名字，才知道他是一位詩人。他後來用筆名「紀弦」、「路易士」，還自費辦過現代詩雜誌。

搗蛋鬼

在賀老師之前，教我們國文的是一位年紀很大的老師。瘦瘦的、個子不高，頭髮很短、很白。不知道他是來自中國的哪一個地方，說話有很特別的腔調，我們通常是半聽半猜的。

據說他很有學問，寫的字蒼勁有力。我非常想認真仔細聽他上課，偏偏有一位同學，常喜歡捉弄他，故意惹他生氣，再跑給他追，讓他氣得全身發抖。我看了覺得很不忍心，不知道那位令人討厭的同學，在家裡是否也是這樣對待長輩的？

各路人馬

私立學校要招得到學生才能生存，只好遵行「有教無類」的理想。學生的素質可能因而良莠不齊，但是也可能因而聚集各路人馬、各種人材，也給我這種懵懂的孩子補救的機會。我們班上有人看起來像個混混，成天只在意練身體、比肌肉，任何事情都把自己認定的「義」字擺第一；有時候搗蛋鬼鬧得太兇，他是會出面干涉的。也有一位遇到考試就趴在桌上夢周公的。還有一面工作一面讀書，兼差養家的；那個同學平時常常請假看不到人，但是考試時一定會出現，不知道是誰通知他的？

〈有電影夢的黃耀宗〉

我跟幾位比較談得來的同學，常常聚在一起。其中黃耀宗是一起搭20路公車的同伴，個子小，但是很活潑。他的父親是中山堂附近一家百貨大樓的電機管理師，就是日治時期的菊元百貨，後來叫做南陽百貨的那一棟。

有時候，我下課後會和他一起先到他們住的地方寫功課，再循著延平南北路走路回家。他們住在大樓的地下室，旁邊就是電機控制間。地下室有機油的味道，還有流籠（以前台灣人稱電梯為流籠）不定時啟動和停止的聲音，但是冬暖夏涼。

也許是住的地方靠近西門町電影街，黃耀宗曾說希望將來可以從事電影工作。可惜畢業後大家各奔東西，沒有連絡，不知道後來如何？

初中二年級時，我看到初一的一位女生，長得清秀甜美，樣子很可愛，因此常常在遠處偷偷畫她的側影或背影。黃耀宗有點雞婆，認為我喜歡她，把我畫的速寫拿去送給她，說是替我表白，害我之後看到那個女孩都很不自在，也不敢再畫她了。

〈班長，陶元元〉

我們這一班從初一到初三，班長都是陶元元，他給人的感覺就是很成熟，臉上常常掛著微笑。做起事來，卻是一板一眼的，很難想像他是集多種才藝於一身的演奏家。

聽說他是中國廣播公

雞婆的黃耀宗，把我的畫拿給女生。

司國樂團的團員。我和周鍊、徐台賢、黃耀宗、王黔祥，五個人常常在課外的時間拉他教我們吹笛、吹簫、拉二胡。他教我們看簡譜，也教我們看五線譜，我們一起練習「梅花三弄」、「春江花月夜」等曲。

可惜我的手指僵硬、音準不好，最後就把那一把在中華路買的二胡送給別人了。後來，每當聽人家演奏國樂時，有幾首曲子聽起來就會特別親切，像是老朋友重聚一般。我很喜歡他跟我打招呼或聊天時，會用彈琵琶似的連環指，彈在我的肩上、手臂上，或穿短褲的膝蓋上。那些快速連續的落點，是一種很舒適的按摩。

〈高個子徐台賢〉

幾個在一起的同學中，徐台賢長得最高。他眉清目秀，也很安靜斯文，

大家一起和陶元元學傳統樂器。

以現在的話說，是一位帥哥。初中畢業後，我們就互相沒連絡了。很久很久以後，他和我的高中同學邱清剛在美國，他們同時指著《美洲世界日報》副刊的插圖說：「這是我的同學畫的！」後來，我到美國造訪邱清剛在加州的新家，徐台賢得到消息，邀我順訪他家，他還親自下廚「辦」了豐盛的一桌。

原來，他到卓蘭讀高中，畢業後參加商展到了美國，以餐飲和房仲業起家，相當成功。他說他常常在《美洲世界日報》上看到我的名字和作品，以為我也住在美國。好朋友一見面就話匣子大開；他說我沒有成為世界級的大畫家令他意外而失望，還說記得初中時看我畫圖的架勢，自信而有創意，應該不是池中之魚。

他記得以前常常無理的要求我畫裸女給他，現在想起來真好笑；這一點我倒是沒什麼記憶。我回台北之後，每隔些時候，他就會在清晨（當地應是傍晚）打電話找我聊個天；拜電信發達之賜，我們的朋友緣分還隔著太平洋，延續中。

〈畫友，周鍊〉

周鍊是喜歡畫圖的同伴，我們一起為那些喜歡混太保的同學作畫，速寫他們擺出來的「英雄姿態」，滿足他們「很屌」的慾望，自己也得到練習畫人物畫的機會。

這些模特兒會特別要求我們畫出強健的肌肉，以及神氣的表情。我們以畫交友，不管是什麼幫，大家都成為哥兒們。周鍊後來考上藝專，曾經送

速寫「肌肉男」。

給我一張做雕塑時的照片。之後我們失去連絡，聽說他從事與建築相關的工作，事業成功。

五光十色的中華路

放學回家搭20號公車在中山堂下車後，最直接的路線是走延平南北路，但是我常常繞道走中華路。

中華路原本是台北城的一部分城牆，日治時期成為台北車站火車南下穿越市區到萬華那一段鐵軌經過的路段。二次大戰結束，從中國來的軍隊眷屬以及少數下港北上的百姓，沿著鐵路搭蓋許多臨時建築，在那兒居住及做生意，形成台北重要的商場。

夾著鐵軌的中華路，是我放學
常常轉過去尋寶的好地方。

那裡幾乎什麼店都有，單是餐館，幾乎就包含了中國各省不同的料理。我喜歡走那兒，是因為有一兩家廣告社，常常會掛出他們新的作品；還有幾家舊書店，可以看到由美軍顧問團流出來的國外舊雜誌。在那戒嚴的年代，這兒等於是窺視外面世界的小窗戶，那些雜誌的文章我不一定看得懂，但是裡面有新的繪畫、新的雕塑以及新聞照片。日治時期的印刷品也不少，我曾陸陸續續用很少的零用錢買了約兩百張日展、帝展發行的畫展圖畫明信片，其中有不少是日本畫家到中國或南洋旅行時寫生的作品。

中華路還有不少錦旗店，這些店除了供應各種比賽的獎牌、獎盃和錦旗，也替學校綉肩章、名牌。也有幾家玻璃店兼賣圖畫掛屏，有一種玻璃畫是用油漆畫在兩三層玻璃上做成類似3D的圖畫，大多用來祝賀新的商家開幕，

中華路的舊書攤。在那裡可以找到國外舊雜誌，在戒嚴年代等於是窺視外面世界的小窗戶。

或祝賀新婚之慶，畫的不外乎大船入港或象徵財源廣進之類的圖樣。

當時摩托車很少，汽車更少。所以中華路的車行不是幫人修腳踏車

依近中遠景分三層的賀禮畫幅。

就是三輪車，同時也會有一些中古的腳踏車出售。對了，還有不少洋裝或西服店。那個年代成衣還不流行，店家幫人量身做衣服，也幫忙修改不合身或不合時的衣服。有些西服店為了表現文化氣息、提高格調，也會在櫥窗展示布料和衣服的同時，擺一些不錯的藝術品，那也是我愛走中華路的原因之一。

剪影攤

中華路上，當年還有人擺攤子幫客人剪「人像影畫」。大致上都是以側面影像為主，因為正面影像比較看不出個人的特徵。小時候，聽大哥說畫圖營生不容易，看到這位剪紙「畫家」生意還不錯，我回家時就順道在文具店買了黑色書面紙，趁哥哥在看書，大姊在彈風琴，或嫂嫂在編毛線時，試著剪出他們的側影。後來越剪越順手，可以一刀剪下來，不用修剪，就有點樣子了。我為了讓這個「謀生」的手藝更加純熟，不管甚麼顏色的紙，常常順手就拿來試剪刀功夫。

其實，在那個照相材料貴，照相技術不普遍的年代，剪影畫很自然的有一定的市場需求。後來，就跟著時代演進沒落下去了。不過我當時練就的剪影技術，讓我在往後唸師範學校時的班會剪影比賽中拿過第一名。現在興致來的時候，拿起剪刀、色紙為朋友們剪影，也算是不錯的交誼活動，可見當時學的這工夫還是很有用的。

剪影攤上師傅以剪刀幫客人
剪出側面的「人像影畫」。

空中飛舞的錄音帶

有一次放學，發現中華路上人群特別多，原來因為[1]「劉自然」事件，許多人認為美國的處理方式太傲慢，大家感覺到被輕視與侮辱，起來反抗。

中華路附近有美國大使館和美軍顧問團，都被群眾圍起來，有人站在四輪朝天的汽車上向群眾講話，那是我第一次看到汽車底盤的樣子，顧問團的二樓窗戶，隔一會兒就有整疊的文件被丟出來。有時候拋出來的是整

1 五二四事件，又稱劉自然事件，是一九五七年一起發生在台北美國駐華大使館的暴力抗議事件，也是台灣戰後少有的幾次反美事件之一。一九五七年三月二十日，劉自然少校參加朋友婚宴後返家途中，於陽明山美軍宿舍區內被槍擊身亡。兩個月之後美軍宣布因開槍者羅伯特．雷諾是誤殺，所以無罪釋放，並且不准上訴。一時之間，輿論譁然。劉自然的遺孀奧特華於五月二十四日上午十時身著黑色喪服，到美國駐台北領事館門前抗議。很多台北市民在大使館附近圍觀，下午一時半，聚集民眾開始朝大使館丟擲石頭，二時三十分左右，民眾增至六千人，高喊「殺人償命」、「打倒帝國主義」，並開始以石頭、磚、木棍攻擊美國大使館，隨後民眾翻牆而入，砸毀了美國大使館中的汽車、傢俱，燒毀了其中的文件。大批群眾撕下美國國旗，甚至對警用車輛縱火，衝入台北市警察局。

因劉自然事件引發的抗議活動。

卷的錄音帶，長長的帶子在空中畫出如彩帶舞般的優美曲線。

看到這般景象，群眾就不約而同的鼓掌叫好。我完全沉浸在從未有過的視聽震撼。回家後和家人談起，才知道當時自己暴露在一個多麼不安全的環境，而且一點警覺心都沒有。

昏頭昏腦的走過交通繁忙的大街

當時，無論如何繞道回家，都必須經過中山堂（公會堂）和北門（承恩門），在北門附近，得穿過火車平交道，這兒的欄柵有時候一放下來，就得等好久。

附近有一幅「生生皮鞋」的大鞋底廣告看板，是許多人對當年北門深刻的圖像記憶。好像有一位畫家把這個大招牌也畫進他的油畫作品裡。

那一帶在當時就已經是交通繁忙的熱鬧地區。有一次，我在學校發燒頭痛，老師建議請假提早回家休息。我從學校搭公車到中山堂下車時，突然眼前一片白光，什麼都看不見。幸好下車處是個有長板凳的候車亭，我在那兒坐大約一、二十分鐘。等視覺漸漸恢復了，才沿著延平南北路往北走。那天是怎麼經過北門？怎麼穿過平交道？竟然完全沒有記憶。

後來經過檢查，才知道是左耳中耳炎。原因是之前偷偷跑去游泳，耳朵進水，想用異物探入把水弄出來，結果弄傷了內耳，感染了細菌而發炎，沒有好好處理所致。

北門街景，當時附近的「生生皮鞋」
廣告看板，讓許多人留下深刻印象。

差一點淹死

小學三年級的暑假，三舅帶他的孩子們到東門學游泳，我喜歡玩水，媽媽就託他也帶我去。當時東門游泳池的標準池同時兼做跳水池，所以淺的地方深度到一般大人的胸際，深的地方有兩個大人的身高那麼深。三舅不給我們泳圈，直接帶我們在圓形的兒童池學習悶水、漂浮與打水。他很會教，我和表弟表妹很快就學會這些基本動作，可惜之後沒機會再跟舅舅學。

我很喜歡玩水，特別是五、六年級和初中時比較有機會自己外出，常常找機會偷偷溜去游泳，漸漸的自己學會立泳和類似狗爬式的蛙泳，也就開始大膽的朝踩不到底的地方游去。

日本時代留下來的東門游泳池，不像現在有自動換水清洗消毒的設備，每個星期得換一次水。接近換水的日子，池水都變成濃綠色的，池底也長了滑滑的青苔。按照規定，換水的日子是不開放泳客入池的。

那一天，綠綠的池水，看起來還有七分滿，應該是正在把舊的水放掉。池內滿滿的泳客像泡水餃湯似的。我從延平北路二段家中走相當長的路才到東門，看到水，不下去玩一玩會很難過。我在人比較少的深水區游了一陣子，感覺體力不夠了，想到淺水的地方休息，可是腳一踩到池底，卻滑得站不穩，失去重心，接著感覺水中好像有一股力量，把我往深水區的池底拉。

池水很混濁，我雖然張開眼睛，只能感到一片綠光，什麼也看不見。慌亂間，想起以前聽人家說，曾經有男孩被強力的水流拉住，堵在泄水口游

差一點淹死在游泳池中。

不上來而溺斃！心中一慌，更用力的撥水、踢水！突然感覺到周遭水聲人聲非常吵雜。原來，我的頭冒出水面了。看到身邊有一塊黑黑圓圓的東西，趕緊捉住，是別人的輪胎泳圈！那個人要把我推開，我冒出一句「拜託」，等喘過氣來，才用盡力氣游到池邊的扶梯。

我並沒有因為這件事而遠離泳池。對我來說，游泳還是最喜歡的運動項目。雖然算不上是什麼選手，不過可以依自己的身體狀況量力而為，不必勉強，相當自在。而且我喜歡水，生肖屬蛇的我，大概本來就是一條水蛇吧！

親近大師

某個星期天，家裡來了一位客人，他的父親是我父親唸國語學校（台北師範的前身）的同學，士林公學校的同事，而他本人則是大哥台北商業學校的同學，與大哥同齡。那一天他為什麼來找大哥，我不清楚。

本來我在客廳的桌子上畫圖，一聽大哥說這位陳昭貳先生圖畫得很好，就趕緊拿張紙把圖畫蓋起來。陳先生微笑著說，畫圖本來就是要與人分享的，為什麼要蓋起來呢？這句話後來我常常回味、咀嚼。陳先生很謙虛，話很少。他給我中國廣播公司的地址，並畫了一張簡圖，要我星期一下課後去找他玩。

隔天，在期待中熬到下午三點多放學，從信義路四段步行到師大附中，穿過校園的大操場，從後門進入仁愛路。中國廣播公司是日本時代留下來的建築，像城堡一般雄偉（後來變成國民黨中央黨部，現在則是改建成著名的豪宅）。在樓梯的轉角處，有用木板隔成的簡單宿舍，當時還是單身的陳老師，就住在這兒，平時可以省下通勤的時間，而且一下班就可以在這兒作畫、寫字、做雕塑，享受藝術的生活，是很棒的小小畫室。

這個藝術空間，很迷你，卻相當豐富廣博，在這兒已經可以看到陳老師五十幾年後（二〇一〇年）接受逸仙紀念館的邀請，在國家畫廊舉行「陳昭貳八四回顧展」，展出書法、篆刻、油畫，以及很特別的文玩模型雕塑時，所呈現的大師氣度。

這個藝術空間裡，收藏了許多特別的畫冊。那一天，他讓我看一本水彩

大師的小畫室。

畫冊，整本書都是黃褐色調的風景，但並不是很寫實，筆觸很有律動感，是一位英國軍人，在枯燥的軍旅生活中畫的。我不記得畫家的名字，但是那些畫給了我很深刻的印象。窗台上有幾件雕塑小品，一隻沒有雕腳的鴿子，渾圓得就像海邊撿來的鵝卵石。還有一件，是半抽象的裸女，好像是亨利摩爾作品的縮小版。

牆上除了陳先生的靜物油畫外，還掛著一幅筆觸故意與肌肉走向垂直的人體畫，十分醒目。還有一樣東西特別吸引我注意，那是用白色西卡紙以切割和摺疊做成的立體紙雕，像是一個眼睛的造型，除了中間的圓是大紅色，其他部分全部保持紙張的潔白，光線在紙張的曲面上呈現出極柔和的美。這是我第一次看到紙雕，相當感動。回家後，試著仿做了一個，後來又用相同的方法做了一條紙雕的魚，掛在延平北路的閣樓小畫室自娛。

那天，陳先生讓我借了兩本書回去，告訴我：「看完了，還書只要從門縫下塞進去就可以了。」一個星期後我去還書，發現門根本沒鎖，又在那裡看了幾本書才回家。從陳先生那兒，見識了很多新事物，也聽陳先生講了一些重要的美學觀念。更重要的是，感受到他謙遜的態度，真是受益良多。

後來，我向朋友介紹陳先生時，都說他是我的老師，但是他每一次都很客氣地否認。後來想一想，也對。一座大山，我只是遠眺，怎麼能就說自己已經爬過這座山了呢？

陳昭貳老師送的小雕塑。

會咬肚皮的零用錢

母親認為不論是學生或是「大」小孩，出門在外，口袋裡應該要有一點兒小錢才好。所以她會不定時的給我一些零用錢。這些錢沒有規定用途，我可以看情況自由支配。我從來沒有開口要過錢，都是媽媽隔一段時間問我：「還有錢嗎？」通常我是不太會花錢的，所以答案都是「還有」或「有啦！」。不過，偶而也會有才拿到錢，隔天就花光光的情形。

這時候，母親大都會苦笑說：「錢在兜袋仔會咬腹肚邊？」這是一句台灣俚語，意思是說錢放在兜袋裡，好像會咬肚皮似的令人難過，所以急著把它用掉！是諷刺無法存錢的人。母親說，這一句話是從外公那兒聽來的，外公姓王名員，以磚窯興業，就是特別重視勤與儉，所以能白手成家。

因為有零用錢，讓我在某些又冷又餓的日子，在天天放學時都要經過、飄著香味的鹹糜攤子，喝一碗稀稀的、熱熱的、撒了許多胡椒的肉羹糜，再額頭冒著滿足的汗珠，有精神的走完回家的路。

不太夠用的零用錢，也讓我在中華路欣賞那些圖畫明信片後，可以挑選幾張最喜歡的；而那些希望下次再買的，我就偷偷的把它們塞到最底下，希望在我有錢之前別被買走。口袋裡的錢不夠多時，我待在書店裡的時間反而更長，

當時買的畫冊。

因為反正買不起，就把書店當圖書館、閱覽室；店員或老闆總是無表情的看著我，一副「總有一天等到你」的淡然。

有時候零用錢是用來滿足好奇心的。延平北路是我回家最直接的路，因為不喜歡一成不變，所以有時候會彎到迪化街，有時候會故意走重慶北路。在汽車還不多的年代，重慶北路顯得沒道理的寬。傍晚，各式各樣的路邊攤慢慢的出現，佔據道路的兩旁。有個攤子賣煙燻鯊魚，我沒吃過，路過時會嗅到煙燻海產的腥香。攤子還賣杭菊酒。沒聽說過花能釀酒，而且是冰涼的，真有吸引力。幾次經過，我都故意放慢腳步，仔細的看看價目表，確定那是用零用錢付得起的。

終於有一天，我大方的坐下來，要了一盤煙燻鯊魚，還點了一杯杭菊酒。

偷嚐杭菊酒，配上鯊魚煙一小片，
入口和酒香混合溶化，很爽快。

裝在小玻璃杯的杭菊酒，沒有顏色，完全透明，冰冰香香的，很好喝。我學其他的客人，一小口一小口的品嚐。鯊魚煙一小片，沾薑汁醬油，入口和酒香混合溶化，真的很爽快。再配上其他客人夾雜粗話的對白，實在非常對味！

畫油畫，也是為了滿足對不同畫材的好奇心。油畫顏料和用具比鯊魚煙、杭菊酒或圖畫明信片貴多了，我也是用零星的零用錢，一次一樣、一次一色，慢慢拼湊，漸漸買齊的。先買紅、黃、藍、白、黑五種基本色，和一支調色的畫刀，大小各一支油畫筆，一瓶亞麻仁油，一瓶松節油，再到煤油行買一些煤油（用來洗筆的）。調色盤是我自己用建築廢材的三夾板鋸成的。撿來的一些大一點的三夾板，修整過後，刷上補土，乾了再用砂紙磨平，就是代用畫布了。後來再慢慢的補買三原色調不出來的一些特別顏色。

遇到想買的東西比較貴時，好比油畫白色的用量特別大，需要買大條的；有些畫冊，印刷精美就不便宜。這種時候，我雖然零用錢存著沒用掉，卻騙母親說花光了，好快點累積到足夠的金額。不過這樣做會有罪惡感，自己的心裡也會難受。

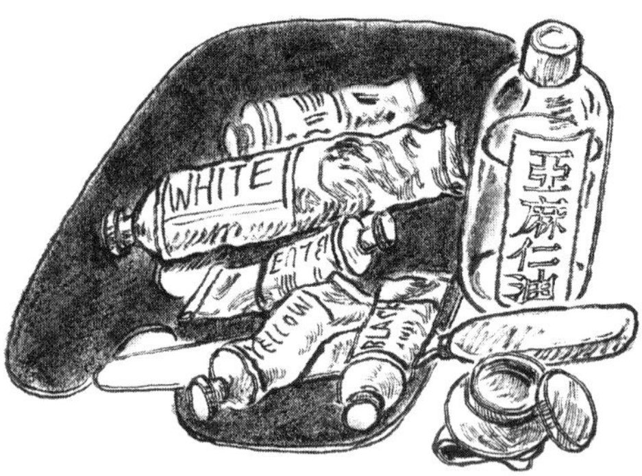

油畫顏料和畫刀。

靠近中山北路的新家

延平北路二段的房子是租來的，我們在這兒長大，大姊在這兒出嫁，大哥也在此結婚成家；這個房子漸漸不夠我們住了。媽媽和大哥大姊努力工作、努力儲蓄，想要換個房子，希望能夠有自己的房子，於是到處看、到處打聽，但是理想的房子，房價永遠與儲蓄的金額有一段距離。

有一天，母親和外公不知在談什麼事時，聊到外面房價的問題，說到最近看中一棟透天厝，三層樓，我們只需要用到它的兩層，可是它不分售，我們的現金也不夠。隔了幾天，外公大概也去看了那個房子，跟我母親和大哥說，他願意和我們合買這棟樓，各出一半，一樓以么舅的名義出租，二、三樓讓我們使用，將來若改建或整棟售出，產權與么舅各分一半。我們家資金不足的部分，由外公暫借，以較市面低的利率計息，分期歸還。也就是說，外公幫我們提前完成購屋的夢想。

一九五八年，我們搬到靠近中山北路的大同公司附近，這個新家的地址很有趣，是撫順街二巷二弄二號之二，二樓。這一年，我是東方中學的初中部三年級，七月考上台北師範學校。母親在這年為王姓宗親會籌辦了太原幼稚園，三姊在這一年結婚，大哥的長子、也就是母親的長孫，也在這一年出生。搬了新家後，喜事重重。

生活圈由延平區移到中山區來，一切都很新鮮。雖然下半年後，我大部分的時間都住在學校宿舍，寒假期間我還是從圓山別館（曾經徵用為黃國書宅，今為台北故事館），一段一段如接龍般的畫淡彩速寫。當時，中山北路的行道樹還不高，視野很通透，很方便畫圖。畫到與忠孝東西路交叉的天橋（正式名稱應該是復興橋），說是中山北路走一遭，其實只是站在西側畫東側而已。北師一年級下學期開學時，這一套速寫就被老師指定做簡易展覽。可惜這些畫和另外一套台北百景的簡筆速寫，後來都莫名其妙的不見了，現在，只能空口說說當年勇啦！

上圖：一九五八年時的中山橋。
下圖：師範一年級時在中山橋邊畫速寫，旁邊是大哥、大嫂。

第三部

台北師範藝術科

東方中學初中部畢業後，一心想要快點進入可以盡情畫圖的學校；當時，台北的高中就只有台北師範學校和板橋的國立藝術學校有美術科。參加高中聯考時，雖然也是全力以赴，成績卻只在上榜邊緣。藝術學校的美術科全名是美術印刷科，台北師範藝術科的全名是藝術師範科，都是單獨招生。我參加了師範學校的入學考試，很幸運的，作文時，文思泉湧，運筆順暢，數學又是我比較拿手的、以圖像思考為主的幾何題較多。考完後，真的信心滿滿。

本來我並沒有立志要當老師，對於上台講課這件事，想起來就會緊張。但是可以

盡情畫圖，又可以享受公費待遇，對於初中讀私立學校，多花了家裡很多錢的我來說，真的很嚮往。

名落師山，單刀赴會

台北師範的入學考試和高中聯考結束後，聯考先放榜，我榜上無名，三姊說我「名落孫山」。我說：「不對！不對！是名落師山。」過了兩天師範學校放榜，我果然幸運的考上了。

大哥和母親都相當意外，因為他們聽說能考上師範學校的都是各地來的優等生，而且台北師範的前身就是父親當年讀的「國語學校」。接下來還有複試，就是還要考術科。我報考的是藝術師範科，依照通知書，考的是鉛筆素描和口試。複試那一天，因為有圖可畫，特別興奮，大清早就帶著一支4B鉛筆，搭15路公車去報到。

報到的考生，由暑期工讀的在校生指揮，依照

口試時，我比比組長背後的方向說明東方中學的位置。

名單編隊。我這一隊先被帶到紅磚大樓的二樓，輪流依照唱名進入教室，接受訓育組長等幾位老師的口試。組長看看我的資料，問我東方中學在哪裡？我比比組長背後的方向，說：「就在那邊，信義路上。」訓育組長接著說：「聽說這個學校『太保』很多！你有沒有加入太保的組織，混太保？」我很誠實的說，我有不少朋友是太保，他們是我畫速寫的模特兒。組長笑笑，沒再說什麼，就蓋了章。

我以為口試完了，接著就是我最喜歡、而且自信滿滿的鉛筆素描了。學長卻帶著我們這一隊到操場，先在沙坑旁拉單槓，每個人都要做「引體向上」十次以上，能夠多做就盡量多做。然後，是跑百米，也是鼓勵大家能跑多快，就跑多快。那是大家平常時都穿著運動鞋的年代，這些體能測驗還難不倒我們。

跑完百米，在跑道終點集合，鋼琴教室就在附近。四、五間獨立的小教室連在一起，每間教室只容得下一台鋼琴和一張椅子，裡頭各有一位老師在那裡等考生。我們一個、一個進去之後，老師發給每個人一張五線譜，然後在琴鍵上彈一個音，要我們看著譜，唱出一段旋律。我心裡想，我又不是考音樂科，為什麼要考這個？不過，因為在東方中學時，班長陶元元教過我看五線譜和簡譜，雖然五音不全，但我不認輸，還是硬著頭皮，唱了五、六個小節。這一關可能因為唱不出來的人比較多，很快就結束了。

接著，我們進入大禮堂，在附有桌板的椅子上坐定。舞台上是音樂科康謳老師，他在鋼琴上彈出幾組合音，要我們在空白的五線譜上寫下來。這

一間鋼琴室一位老師，她只彈一個音，就要我們看著五線譜唱下去。記得我還唱了五、六個小節。

下子我就慌張了，因為我只帶一支筆心很粗的4B鉛筆，老師卻規定要用鋼筆（那時候還沒有原子筆）清楚的畫音符上去。正在著急的時候，坐在我前座的同學轉過身來，說他多帶了一支鋼筆，就借我應急。後來，才知道他是考音樂科的陳昭南。一年級時，音樂科和藝術科睡同一個大通鋪，巧的是，他就被分配睡在我隔鄰的鋪位。

知道我只帶一支畫圖鉛筆來應試，有一位同學就說了一句：「哇！單刀赴會！」其實，三國演義裡，關雲長單刀赴會是智勇雙全，而我的「單刀赴會」，根本只是糊塗蟲的行徑而已。

最後一關因為就是鉛筆寫生，真是輕鬆愉快，畫題是一張小學生用的有靠背的課椅，雖然結構簡單，但它的光影變化和透視趣味，畫起來還是蠻過癮的。

開學後才知道，不論你填的志願是藝術科還是其他什麼科，如果複試是音樂科的成績比其他術科好，就可能被編入音樂科。也有人因為學科考試的成績太好，術科統統很平均，本來填的是藝術科，卻被編入普通科，不過還是一直維持自己的興趣，創作不懈，到後來甚至比專業還專業呢！

註冊清單和「棉被王」

複試過後，收到正式錄取、註冊和新生訓練的通知書。我感覺很新奇，

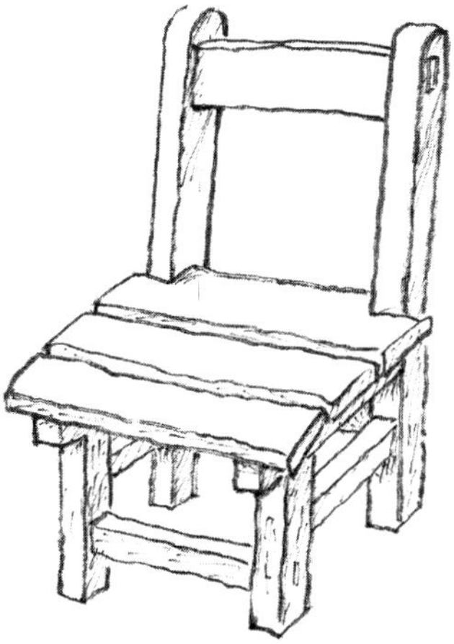

當時畫題，那張椅子的樣子。

因為父母親讀師範學校是在年代久遠的日治時期，同輩親友沒有讀師範的。師範生規定要住校，註冊清單的項目就很熱鬧，其中較特別的是木工工具箱、棉被、內務巾，還有一套白長衣褲和白色運動鞋。

木工工具箱內，要放置一把鋸子、一把鐵鎚、兩種尺寸的釘子各一包、可摺疊的曲尺、一具刨刀。聽說從日治時期就很重視師範生的工藝教育，因為每一個人都有可能被派往偏鄉的小學任教，學校的課桌椅、教具，乃至於校舍的修整，不一定能馬上請得到工人，老師能夠自己動手修最好。必要時，老師還能發揮長才，製作教具。所以，每一位新生都要有自己的一套木工工具。箱子有一定的規格尺寸，方便收納在宿舍的內務櫃裡。因此，箱子是後來在木工課時，在老師的指導之下製作的（如左圖）。

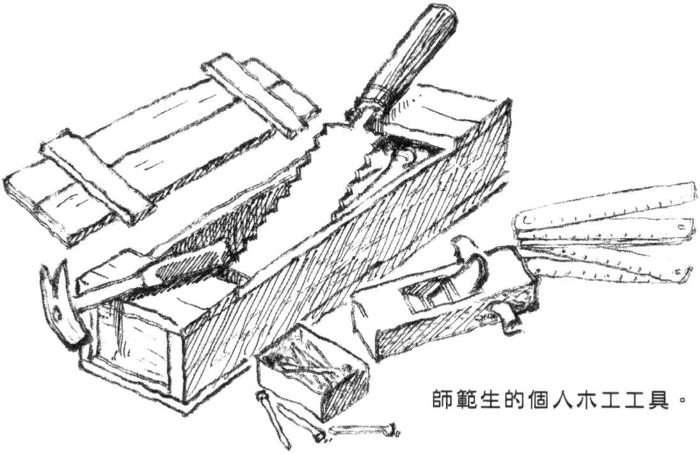

師範生的個人木工工具。

　　我的木工工具是全新的。註冊那天，看到同學們有很多是以家中用過的、半新半舊的來充數。因為有些同學來自偏僻的鄉下，不易購買，所以老師們大都是笑一笑就通過檢查了。

　　棉被有一定的尺寸，但是沒有說明棉花的重量。母親大概怕我蓋得不夠暖，訂做特別厚的，同學都說我的棉被是「棉被王」。

　　內務巾就是一條方形的白布。原來我們在榻榻米的後方有一排架子，就是沒有門的內務櫃，要放一些衣服和私人雜物用的。為了要整齊美觀，將內務巾用圖釘釘在第二層的木樑上，可以遮住裡面的雜物。

白衣、白長褲和白運動鞋這一項，因為沒有註明用途，母親就為我準備最好的。白長褲燙得筆直，在家裡試穿時，三姊說我穿起來像海軍軍官，足緣投！（台語很帥的意思）

註冊那天，因為東西太多了，又以為新生訓練結束隔天才要開學，就把棉被留在家裡，哪知註冊完馬上編隊，由擔任區隊長的學長帶到宿舍安頓，接著宣布接下來的活動流程：「認識環境、生活規範、晚餐、晚自習、就寢。」一根本沒有時間回家。同學們來自新竹、桃園、台中、嘉義……，大家本來就有過夜的準備，只有我這個台北人，以為還可以回家睡一覺，隔

通鋪內景。

天再來參加開學典禮。那天晚上沒有棉被和蚊帳，該怎麼辦？

幸好就讀台大土木系的三哥也在今天註冊，三哥不只讀書名列前茅，而且頭腦清楚，在註冊選課完畢之後，就由復興南路穿越一些田間小路，到北師來看我。他原本預定和我一起搭15路公車，到中山堂再轉車或步行回家。他到的時候，我們正好在上「吃飯」課，我看到三哥站在走廊，像看到救星一般。後來，三哥搭公車回家，再用自己的零用錢叫台三輪車，幫我送來棉被和蚊帳；在晚自習前，學長教我們疊棉被豆腐時，正好派上用場。

那時候，電話還不普及，家裡沒有裝電話。媽媽擔任高年級導師，教室離辦公室很遠，也不容易接電話。當然，行動電話在那個時代，更是天方

三哥搭三輪車送棉被來給我。

夜譚。有急事時，真是不知道該怎麼辦。家在中山區的撫順街，並沒有公車可以直達和平東路。所以，三哥在回家幫我拿棉被時，一定是一路盤算著如何送達的。當時，可以走最直的路，並且不用浪費等公車時間的，就只有搭三輪車了。那麼遠，一定花掉他口袋裡不少錢吧！後來，三哥並沒有再提起這件事，而我對他的感激也一直藏在心中。

傳說

新生訓練除了認識學校環境，了解住校生活的規矩之外，同時也將新生納入青年救國團，以班級為基礎成立區隊，以年級為中隊；新生訓練期間，區隊長和中隊附，由學長擔任。藝術科和音樂科，男生合編為一個區隊，宿舍也編在大通鋪的同一個房間。區隊長在訓練期間和我們住同一個寢室，方便照應與管理，他是藝術科二年級的學長，除了帶隊到各場地上課受訓之外，還要負責教我們如何整理內務。

就像許多人服兵役時一樣，整理內務的項目中，把棉被疊得像豆腐一樣方整是大家印象最深的事。我的棉被，因為比別人厚，疊起來當然又厚又高，相當惹眼，所以我得特別認真，才不會被扣分記點。

因為區隊長是藝術科的學長，大家也就借機會問東問西，滿足對未來課程的好奇；學長以老資格的身分，細心的指點之外，也免不了吹吹牛，說一些似真似假的傳說。說是曾有學生患夢遊的毛病，半夜會昏昏沉沉的四處遊走，似睡似醒，遇到水溝，還會抬腿跨過，但是見人不會打招呼。隔天醒來，對這些事完全沒有記憶。更誇張的傳說是這個學生，竟夢遊到六張犁山坡的墳地（很遠吔！），第二天起床時，床頭和鞋子沾了許多泥土，內務櫃前還有幾根骨頭。

這一類「故事」難以令人相信，可是大家都聽得津津有味。還有一個傳說比較實在，因為主角雖然是日治時期的學生，卻是我們每天都看得到的體育老師，他姓溫，曾是體操選手，他的傳奇事件，其實也蠻超現實的。在學校附近，當年沒什麼高層建築，最高的就是學校廚房的大煙囪，很少有人可以爬上去。溫老師年少氣盛時，不知道是跟人家打賭還是什麼原因，竟然爬到頂端，還表演他體操的絕活：倒立！我們聽了當然不相信，但是這樣的故事，還是讓我們對溫兆宗老師以及那一柱沖天的煙囪，產生一定程度的敬佩。

傳說中溫兆宗老師的煙囪倒立
壯舉，成為學校的傳奇。

初嚐住校生活滋味

住校的生活，對我來說是很新奇的。從星期天晚上開始到星期六午餐時間，有門禁，有事外出要登記。除了按照課表上課，沒課的時間，晚餐前後和晚自習後熄燈前，可以在校內自由活動，處理一些生活雜務。晚餐後到晚自習這一段黃昏時刻，是最有情調的，常常有音樂科同學安排的音樂欣賞，大部分是古典音樂，有時候也會有爵士樂和如〈滿江紅〉等的藝術歌曲。在個人音響工具，如隨聲聽等，尚未發達的年代，能夠在微風徐徐的操場，透過擴音機，欣賞這些音樂，是很難得、很享受的。我們班導師黃啟龍也常利用班會的時間，播放他收藏的三十三轉古典音樂唱片讓我們欣賞。

自修時間

晚自習時間，其他教室不開放，大家都在班級教室自己的位置上看書、寫作業，或其他能夠安靜進行的桌上作業，而喜歡水墨畫的同學則在練書法、臨畫帖。我會拿以前在中華路舊書攤收集到的日本帝展或府展所發行的圖畫明信片，以及在文星及三省書店買到的西洋繪畫小畫冊與同學分享。

印象中，李久良喜歡寫隸書、刻印章，連富吉會自己裝配礦石收音機。晚自習時，學校會來點名，有事不能來或生病需要在宿舍休息的，班長或區隊長都要向教官事先報告。

晚上熄燈後，教官會來查鋪。這時經常有些同學不在床上，而是聚集在廁所門口昏黃的燈下繼續看書，聽到查鋪時才趕緊回去。教官走了，就三三兩兩的又回去看書。他們並不是因為考試到了，在臨時抱佛腳。有一次我去上廁所，好奇的注意他們在看什麼書，結果竟是《六法全書》或什麼概論之類的。這些來自鄉下的優等生，有認真的想當教育家的，也有早就計劃要更上一層樓的。後來學校在餐廳開放兩張桌子，安排比較亮的燈光，讓他們在不妨礙健康的原則下，多了兩個小時的夜讀時間，廁所夜讀的景象就不再出現了。

規律的作息中，自由發展

餐廳門口有一個告示板，可以貼海報，常常看到的是校內展覽、校內音樂會，以及周末電影的預告，也常有某個同鄉會對另一個同鄉會球類比賽聯誼的海報。

廁所小燈下的讀書會。

台北師範的學生來自台灣全國各地，以我們這一班來說，除了僑生，最遠南到嘉義的民雄，東到宜蘭、羅東。同鄉在開學或放假回鄉時常常可能同車，自然會以同鄉的名義成立社團。同鄉會之間除了賽球，還有一件事在暗中較勁著，就是同鄉的學長會盯著學弟讀書，準備參加一些我從來沒聽過的考試。那些考試放榜的時候，餐廳門口就會出現許多大紅紙，以同鄉會的名義賀某個同學考上普考、高考，或什麼特考。原來，有些人師範學校還沒畢業，已經在同鄉學長的督促下，準備好當校長或其他行政人員的資格了。而藝術師範科的同學準備參加這一類考試的比較少，但是他們會私下找校外心儀的大師拜師學藝。

學校的琴室設在西南邊，靠近泳池的地方，和教學大樓隔著大禮堂，算是校園的偏遠地帶，當時圍牆外也沒什麼住家，除了年假，琴室裡練琴的音響沒有斷過，練琴的時間排得滿滿的，連晚上也不會空下來。

作息時間沒有規定起床號之前不能起床，自然就會有「早鳥」掌握晨間的清醒，在大家還沒起床前，就在宿舍外的樹下讀著書，同時呼吸著新鮮的空氣。其中蔡益助最是持之有恆，每天早起讀英文；雖然藝術科沒有英文課，幾位有遠見的同學還是持續研讀英文的習慣。蔡益助本來計劃到國外藝術學校深造，後來保送師大英語系，大學畢業後當英文老師，在建中教到退休，桃李滿天下。退休後重拾畫筆，十多年來創作無數，又任畫會會長，享受著「好色」精彩的第二春，也成為班上學西畫的同學中，創作最勤，展出最多、最活躍的一位。

吃飯生

師範學校的學生常常自我調侃，說自己讀的是「吃飯睡覺」。我讀師範學校的那個年代，重視生活教育，師範生一律規定要住校。雖然我家就在台北，也和大家一樣得要住校，所以，吃飯和睡覺都在學校。只有星期六下午和星期天可以回家「省親」，星期天晚上七點半前得回校，晚自習會點名。

同學們參訪蔡益助展場，李良久 攝。

吃飯睡覺說起來簡單，學校卻是相當重視。新生訓練由值星的學長帶隊認識學校環境，校舍除了各種不同功能的教室外，還包括寢室、餐廳、泳池、琴室等等，最特別的是這些地方全部都有走廊串聯著，颱風下雨都不受影響，相當方便。不知道是誰規劃的？令人欽佩！

餐廳旁邊是廚房，有幾個煮飯的大鍋子，如果拿來當澡盆，可以同時容納兩三個人洗澡。雖然是用蒸氣，煮飯的鍋底還是常常會有鍋粑。廚房的煙囪在當時是和平東路上最高的建築物。

前面說過，新生訓練的那一天，三哥來找我時，我們正在上「吃飯課」，看著學長們表演如何「吃飯」。從餐廳搬來四張餐桌，三張並排，拼成一個小舞台，上面再擺一張餐桌和兩條長板凳，展示的是我們未來三年吃飯的空間。

茄苳下的吃飯課。

兩條長板凳各坐四個人，很擠，所以大家都得夾緊雙臂，互相禮讓。桌上白鐵的水桶就是飯桶，兩個白色的塘瓷淺盤裝菜，一個小臉盆裝湯。入座後，由桌長為大家盛飯，等教官下達「開動」的口令，才能舉筷用餐。當時還沒有公筷母匙的觀念，因為是共食，大家都得遵守不能在盤子上翻揀挑食。菜的湯汁也一定是最後見底了，大家才分著澆到自己的碗裡。

這些規矩，有人稱為軍事管理，我覺得它是團體生活的必要，而且，是培養處處為他人著想的基本態度，是師範生應有的「修身」。個人餐具是一雙筷子、一支湯匙和一個圓形有蓋的金屬製飯盒，和鐵路便當差不多，旁邊多了兩個把手環。有時候同學有事不能一起用餐，就用來留飯、留菜。高中是最能吃的年齡，飯菜常常是不太夠的。可是我們從來不曾有搶飯、搶菜的情形。大家都有自覺未來要為人師表，已經具備將心比心，時時為他人著想、謙讓的情操了。

伙食委員與廚房革命

五〇年代末期，全台灣有好幾所師範學校，我們的伙食費都一樣少。台北師範更因為台北的物價比較高，伙食相對也就更差。每餐的菜色變化少，量也不足，連飯都常常不夠吃。因為高中生的活動量大，又是從少年要轉到青年的成長期，吃得飽、營養夠是很重要的事。

我們的餐具。

我們有一個伙食委員會，負責管理全校伙食費的支配、副食的採買、廚房的管理、菜色的設計等，並且設有監廚小組，監督廚房材料的進出和廚房的衛生管理。

伙食委員由各班選出，我當時也被選為委員之一。因為三年級開始有校外實習，課業比較忙，一年級才剛開始適應住校的團體生活，所以維持或改善伙食，就由二年級擔任大部分的工作。

三年級的學長將工作細節和注意事項交代下來，當時我們新的主任委員是二年甲班的何添佑。和學長一起清點庫存的油、鹽、醬、醋之後，我們的工作就正式開始了。

採買得要早上四點起床，天沒亮，三、四個同學就坐上廚工踩的人力三輪卡車，先到豆腐店訂購豆腐、豆干（如果菜單上有需要）。聽前幾屆的學長說，豆腐店的老闆會請大家先喝一碗熱熱的豆花。可是，我們事先聲明，不接受招待，因為交接會議上已經說好，不吃，才能嚴格要求他們足斤足兩的交貨。

接著，就頂著冬天清晨的冷風，到果菜集散市場，在那兒可

大清早坐三輪卡車，上市場買菜。

以用批發價買到青菜。可是，因為都是一大簍、一大簍的，如何判斷簍子裡的菜全是上等貨，可不簡單。學長還交代在秤重量時，同學要分別站在四周觀察，特別要注意捆簍子的繩子，不能垂在地上。更要注意抬秤的人，有沒有故意用腳踩住垂下來的繩子，因為那樣東西愛秤成什麼重量，就可以全由他操縱。我們的菜錢不多，絕對不能忍受偷斤減兩！秤好後，更要請他們馬上抬到三輪卡車上，防止掉包。

到中央市場買菜，要注意草繩和秤錘。

買菜回來，還趕得上第二節課，雖然可以請公假補眠，但只要還有精神，大家都會回到教室去聽課。買回來的菜，要洗、要切、要下鍋，而這當然是廚工的事，我們會安排女同學輪流監廚。

本來廚工打飯時，不論是男生桌或女生桌，份量都是一樣的，甚至故意給女生的飯桶打滿一點。事實上，女生的飯量小，常常剩很多，而男生的飯經常是不夠吃的。雖然女生都很體貼，每個人依照自己的飯量盛好後，就會招手讓男生將剩下的拿過去；這對同班有女生的藝術科、體育科和音樂科的男生來說很方便，但男女分班的普通科男生，能得到女生「恩賜」的機會就比較少了。

為了要物盡其用，監廚就要求廚工打飯時，男生桌八分滿，女生桌五分滿，教官桌因為常常只有一兩位教官來陪我們用餐，所以只打三分滿。另外，不太焦的鍋粑先分到男生桌旁，讓需要的同學們取用。等全校用餐過後，廚工才可以將剩下的鍋粑連同剩菜，當廚餘處理。師範生大都來自勤儉的農村，整個社會也還在克勤克儉的年代，伙食委員和監廚的共同努力，得到同學們的合作和讚賞。

有一次因為有一道蕃茄炒蛋，要先把蛋黃和蛋白倒在大盆子裡打勻，敲蛋的時候，主委何添祐眼尖，注意到廚工每次一手握兩個蛋，打一個後，就將蛋殼連同沒有打破的另一個一起丟到蛋殼堆裡。他不想讓廚工難堪，沒有直接拆穿指責他。不過，平常是最後才由廚工收拾蛋殼，而這天我們故意拿簍子先去收拾，還故作驚訝說：「呀，有好幾顆蛋滾到這裡了！」

然後陪同一起打蛋。那一天晚餐的菜量多了好多，不知道同學們有沒有感覺到？這件事讓我感受到何添祐的仔細和慈悲，我們也成為永遠的好朋友。

現在，我們可以在超市買到各式各樣的食用油。五十年前，市面

打蛋的故事。

上較常見的是花生油、麻油和豬油。麻油很貴，花生油也不便宜，所以我們常用豬油炒菜。豬油是買生的豬油條回來炸油備用的，炸過油後的油粕，常常被小廚工順手牽羊帶回家。有一次被監廚的女同學看到了，還故作輕鬆的跟女同學說：「這個東西混點糖很好吃，妳要不要拿些糖來試試看？」一邊說還一邊指著廚房小倉庫的糖罐。那位女同學伸手把那一包油粕接過來，說這是今晚炒茄子用的，順手就把它鎖進倉庫裡了。

八顆鹽炒花生

伙食委員要做的事情很多，功課也不能鬆懈，因為考試時，並不會註明是伙食委員就有加分的優待。有一天，大概是真的忙壞了，到晚自習後，才發現第二天早餐要配的菜——「鹽炒花生」忘了買。

向來，我們都是到南門市場買現炒的，那家店的花生新鮮、價錢也公道。可是，已經是晚上十點了，搭公車去要花許多時間，回程時可能已經沒有公車可搭了。要是買不到還得多跑幾家，搭公車的機動性沒那麼好。我趕緊跟孫建禎借車上路，他是唯一帶了腳踏車到學校來的同學。孫建禎是金門人，年紀比一般同學大一些，個子並不高，可是他的腳踏車卻不是一般的二十四吋，而是較高的二十六吋。我會騎車，但都是先跨坐好再踩動，不會推車跑著跳上去騎，或是左腳踩在踏板上，右腳一蹬、一蹬的跑出速度，再借用左腳的力量讓右腳跨坐上去。

這麼高的車得先找墊腳的小台階，才有辦法跨上去。一路上最好不要停車，遠遠的看到十字路口閃紅燈，就故意騎慢一點，希望到十字路口時，

騎腳踏車去買花生。

已經變成綠燈，可以不用下車直接通過。當然，不可能每次都這麼順利。有一次是在新生南路口遇到紅綠燈下車，還好當時新生南路的瑠公圳還沒被蓋起來，中間有一條小橋，橋上就有護欄的小階，正好讓我墊腳，跨上腳踏車，繼續前進。

到了南門市場，商店已經關門。還好老闆在裡面，聽到我的敲門聲，馬上來應門。門一打開，花生的香味撲鼻，原來他正在炒明天要賣的花生。提了一包先炒好、已經放涼了的花生，踏上回學校的路，有種安心感，也有一點成就感。但是，也有一

全校早餐吃的花生。

點傷感——怎麼全校大約七百多人的早餐要配稀飯的花生，只有這麼一小包？（大約十二公分立方）

這就是我們的早餐，八個人一桌的桌上，只有一個白色琺瑯鐵盤，裝著一小撮花生。分一分，每人大概只有八到十顆，掉在旁邊的鹽粒很香，所以也要均分。那一桶稀飯很稀，如果先吃的同學自私的撈飯起來吃，後面的同學就只能喝水了。所以，稀飯要提早煮，一方面吃的時候不會太燙，同時也讓分到桶子裡的米粒有時間吸足水分漲起來。同學們舀稀飯時，也要遵守先搖勻再舀的規矩，這樣稀飯吃了有飽足感。可是，在冬天，第一堂下課，大家都得到廁所排隊「放水」，第二堂也差不多，到了第三堂，就可以聽到肚子咕嚕咕嚕的叫聲，處處響著悶雷了。

第四部

我們這一班

我報考師範學校，最原始的目的並不是想要從事教育工作，而是因為當時的高中裡，能夠發揮自己畫圖興趣的學校，只有台北師範的藝術科和國立藝術學校的美術印刷科。因此，能夠順利考上北師藝術科，真的很高興。

看看我們的課表，素描、水彩、國畫、書法、透視學、圖案、藝術概論、工藝、藝術教材教法、視聽教育，這麼多和美術相關的課程，對我這個愛畫畫的孩子來說，真是有如上了天堂一般的幸福。

再看看身邊這些從天亮到晚上熄燈都生活在一起的同學，全是可以一起耍筆弄墨、談色論畫，一起快樂學習的同伴，想想真是前世修來的福氣啊！

牽手事件

新生訓練結束，第一次到操場開朝會升旗。會後全校一起跳「水舞」，這個土風舞是新生訓練的時候，由剛從師範大學畢業的廖幼芽老師教的，廖老師活潑開朗的聲音，清楚而合乎節奏的口令，有種使人跟上舞步的魅力。

新生訓練時，我們是以區隊的形式練習的，男生和女生分屬不同區隊。開學後朝會時的隊伍，則是依照班級單位編成的。「水舞」幾乎從頭到尾都是兩人一對，相互牽手、前進、後退、轉身、拍掌，之後有交換舞伴的動作。

藝術師範科是男女合班的，所以會有男生和女生手牽手跳舞的情形。同學中有許多是由民風純樸、保守的農村來的，不論是男生或女生，都極羞澀，跳到牽手的舞步時，如果是男生和男生一起，女生和女生一起，就很正常的牽著手，否則就會變成僵硬的並肩齊步，舞步有點亂。當然，在廖老師嚴格的要求下，最後，大家的手還是得牽起來的。

散會後，準備回紅樓的教室上課。可能是流了些汗，也可能是女生本來就愛乾淨，她們都會去洗手再上樓。沒想到，有幾位男生，竟然敏感的認為那是看不起男生，認為男生的手是髒的，才那麼刻意去洗手，覺得她們很不禮貌，有受辱的感覺。

這件好笑的事，後來很自然的消散了。因為，每個星期只要有朝會升旗，都會跳舞、牽手，大家越來越熟。後來，班上有什麼聚會，也都會跳一段

後來在化妝舞會、郊遊
時，每次都會跳「水舞」。

水舞，好像跳過舞，全班就會更加親近、團結了。

五十多年過去了，不知道大家當了阿公、阿嬤，是不是還記得那首曲子，那些簡單的舞步？還有，那初次與「陌生異性」牽手的感覺？

「藝鐘」響叮噹

我們這一班非常重視榮譽。

在校的三年，沒有一次考試需要監考老師。考試時，班長到辦公室領考卷，考完再送回去，從來沒有一位同學會作弊。因為我們是榮譽班！更難得的是三年來，據我所知，雖然同學之間會有對繪畫不同見解的爭論，但是沒有人真正吵過架！

學校鼓勵每一個班級有一個班名，來營造班級的團結與榮譽感，普師科的班名天馬行空，甲班是「飛鴻」，乙班是「極光」，丙班是「凌風」，而藝師、音師和體師的班名，則都有專科的代表字，所以叫作「藝鐘」、「體健」和「韻窗」。「藝鐘」就是期望同學個個在鐘聲的叮嚀下，都能夠表現得響叮噹。平時我們的教室為了掛同學們的繪畫作品，沒有空間可掛獎章錦旗，畢業前最後一次班會時，發現全班四十二人，每人分給兩面錦旗，還會剩下好幾面可以拍賣。

紅短褲

師範生的公費，包含食、宿、學雜費，還有服裝費和零用錢。其中有一筆是要我們去訂作體育服裝的，各班可以自己選擇樣式、色彩，營造特色作為班服。前面談過新生註冊時，每人都已經自備一套冬季的白長褲，所以這一套是短袖、短褲，適合四季如春的台灣氣候。

我們班上很多人喜歡打籃球，愛踢足球的人也不少。當時籃球比賽很多，打籃球的風氣很盛。我們都注意到其他班級和學長們，大多以籃球服為班服。我們是藝術科，藝術科就是要有創意！所以當有人提議以大紅波洛衫、大紅足球短褲作為班服時，馬上獲得全數同意；而女生則採用黃啟龍導師的建議，白色滾紅色邊的圓領衫，配上紅色的籃球短褲。

運動會那天，大家都穿新的班服參加分列式。我們班是女生在隊伍前面，白色的上衣、紅短褲，和後面男生的一身大紅，襯得特別醒目亮眼。紅色的熱情活潑配白色的亮麗潔淨，本來就很漂亮的女同學們，更加美麗了。

運動會上，大家都穿新的班服參加分列式。

後來，很多師長都喜歡戲稱我們這一班為「紅短褲」，紅短褲也妥切的展現出藝鐘叮噹響的活力，和快樂天真的班風。

我們在運動場上也相當風光，四百公尺、八百公尺等接力賽，那個紅色標誌果然一路領先，其他比賽項目的成績也都很亮眼。班上男生，個子最小的戴武光（現在是有名的水墨、水彩大師），不論是哪一類運動，總是最活潑的那個小紅點。

這一套紅上衣、紅短褲，在師範三年搶

在運動會休息區，背後是空曠的田園，可以遠眺芳蘭山。

盡風頭，因為顏色鮮、彩度高，很耀眼。拔河時，選手結合成一條紅龍；比賽足球時，對手常會說，怎麼看起來好像我們上場的球員比較多？紅色的造勢效果，果然強烈。

在那個白色恐怖的戒嚴年代，我們班服的顏色，沒有被敏感的說是和紅色中國應和，也算奇蹟。後來我在小學服務，為學生設計黃底紅邊的帽子，還被糾正警告過呢！這一套運動班服，我畢業之後，不論登山或釣魚，都很喜歡穿，只要穿著就有一種幸福快樂的感覺。

上圖，女生在舞龍，龍頭是李朝木作的，龍身是很多人的領巾接起來的。（遠處是姆指山）
下圖，我在跑四百接力，陳瑞麗幫我加油！背後就是鋼琴教室。

足球、水球、泥巴球，推著時代的巨輪前進

我們班喜歡踢足球，不只是因為男生以足球服為班服，我們真的有幾位同學，足球踢得相當好。最特別的是那位又高又壯的馬來西亞僑生，他射門很準，有時候還會來個倒掛金勾，曾經有守門員被射進了，還忘情的為他鼓掌。他是王成發，因為他的長相，女學都喜歡叫他「兇眼」。其實他溫柔又體貼，一點兒也不兇，紳士得很，有他在的場合，女生似乎就特別有安全感。他就是常常提議大家玩足球的人。

六月的一天下午，體育課之後，接下來一直到晚餐的時間都是空堂，班上男同學分成兩隊，比賽足球。沒多久老天就下起雨了，起先覺得有些掃興。後來，發現淋著雨踢球，不熱又不渴，蠻爽的，所以沒有任何人跑去

躲雨。不多久，雨越下越大，操場開始積水。在積水的場地運球、跑步，另有一番風味；特別是傳球時揚起的水花，相當壯觀。踢足球變成踢水球，

雨中足球賽。

一群大孩子玩興大起，「水球」使足球高手的技巧無法發揮，兩隊戰況形成拉鋸。天色漸暗，大家還捨不得停下來，其實水球已經變成泥球了，大家也差不多是半個泥人了。

紅磚教學大樓的燈亮了，在升旗台後方的圓拱門下，有一位老師一直站在那兒看著我們，是訓育組長！晚餐時，有女同學告訴我們，她經過圓拱門時，看到組長在那兒皺著眉，口裡唸著「這群紅短褲！」，有點生氣的樣子。

晚餐時，老天爺好像跟我們這群紅短褲男孩玩夠了，雨停了，雲散了，天邊還出現太陽下山後留下的一點兒霞光，有一種玩得很盡興的氣氛。

晚自習後，我們還有一個小時左右自由支配的時間，幾個男生，悄悄的穿回剛剛沾滿泥水的紅短褲，靜靜的回到剛剛那個混戰的戰場。雨才停一兩個小時，積水已經消去大半，但是剛剛有一群紅短褲在這兒踐踏翻滾，地面凹凹凸凸的，有如月球表面。大家一起拉動停放在防空壕邊的大石輪，有人拿著刷子，嘻嘻哈哈的，一面玩著扮演築路工人的遊戲，一面唱著校歌，而且特別重複唱「推著時代巨輪前進，任務何光榮。」這一段，直到熄燈號響，才匆匆趕回去淋浴、就寢。

第二天朝會，訓育組長尹文柱站在司令台上，看看天空、看看操場，對著我們這一班，神秘的笑一笑說，昨天傍晚的雨夠大的，今天早上的太陽也夠大的，我們的操場也夠美麗的，接著才開始報告其他事情。我想一定有人覺得很奇怪，尹老師在報告前的那三句話，有什麼特別含意。

台北師範學校校歌歌詞

（戰後第一任校長）唐守謙 詞

美麗的島
東南勝地
海疆名域
從統治者手裡解放
黑暗變光明
建設新臺灣
教育第一
化民成俗　功最宏
北師　北師
推著時代巨輪前進　任務何光榮

雨中足球賽後，夜裡拉大滾筒整理操場。

裝褲：沙場狂奔

那是憂患意識很強的時代，當年我們稱共產黨統治的中國大陸為匪區。政府透過教育和媒體，告訴我們漢賊不兩立，要我們保密防諜，隨時備戰。所以國防體育很重要，任何一個國民都要注意健身，隨時得拿起槍桿，上前線殺共匪。

有一個週末沒排課，全校男生分批參加負重行軍訓練及檢測。每位同學得提著一條長褲，到沙坑集合，還特別交代是要準備送洗的、已經穿了一週的長褲。沙坑旁邊的樹下搬來了一個體重機、幾張桌椅，和一些圓鍬，還有一個計時器。教官教我們把褲管下襬紮起來，變成兩個袋子。有同學幫忙把沙子鏟到褲管裡，在體重機上秤到一定的重量，就搭在肩上準備計時、開跑。

一次一個小組，四位同學從沙坑出發，跑出校門，沿著和平東路朝東跑。當時和平東路車子不多，我們幾乎可以跑在馬路中央。起跑時，還覺得輕鬆愉快，漸漸的就開始感覺沙包的重量。尤其它壓在胸前，妨礙了呼吸心

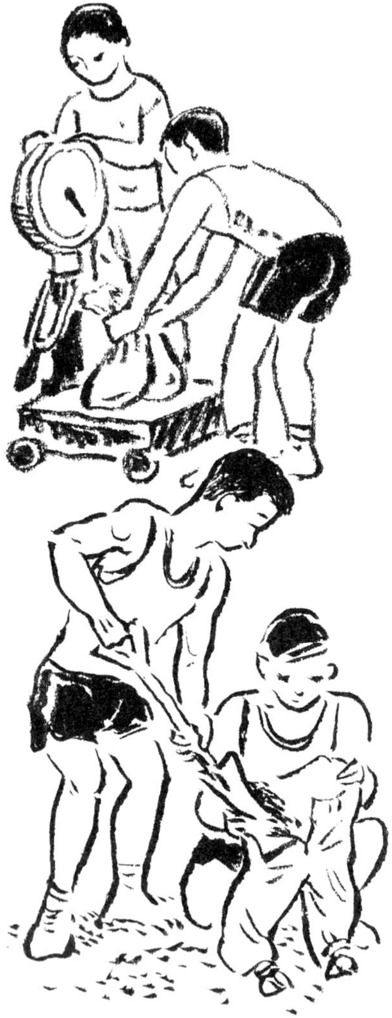

用穿了一週的長褲，做成沙袋。

跳的暢快，所以一路上，沙袋一下子這樣揹，一下子那樣揹，有時候就抱在手上或單手提著，但是都找不到舒適的方式。

規定是跑到三張犁再折返。當時和平東路兩旁還有許多稻田和菜園，一路欣賞風景，有時候還可以吹到陣陣涼風。就這樣，大家跑完全程，再回到沙坑；登記好時間，再秤一次重量，確定沙子沒有被偷偷倒掉減輕重量，就可以解開褲腳，放掉沙子。

接下來的工作，當然就是洗褲子，同時洗澡。本來我們的卡其色制服換洗時都是送到操場後面，一排木造平房的洗衣福利社。他們除了洗淨，還會幫忙上漿、燙平，讓我們一個個穿得像紳士般，筆挺瀟灑。為了讓衣服的筆挺維持更久，晚上就寢時，脫下來的制服，都會疊得整整齊齊的。有的同學還會把長褲拉直，平鋪在墊被或榻榻米下面壓著，這樣穿到要換洗時還可以很挺。剛剛當作沙袋的長褲，還殘留不少沙子，我們不好意思直接送洗，所以在洗澡前就先用自來水仔細的沖掉沙子，再送到福利社去。

後來在同學會中提到揹沙袋路跑的事，有同學說那是救國團辦的活動，

揹沙袋路跑。

叫作青年體育獎章。是不是這樣呢?我已經不記得了。

校內的小畫展

北師有一大一小兩間美術教室。上課時間之外,午休,或任何空堂都會有同學在裡面磨練繪畫的基本功——素描。由於是自由進出,沒有年級的限制,所以也是學弟學妹觀摩學長姊畫圖的技巧,並當面請教的好時機。

美術教室有時候會有畫展,大都是被老師指定,或同學建議而展出的。有時候是個展、有時候是聯展。雖然是小畫展,除了沒有開幕酒會外,其他如海報、請帖、說明牌等都有,並且都是純手工繪製的。因為在校內,海報只要玄關一張、展場一張、餐廳入口一張、管樂隊旁海報牆一張,共

四、五張就夠了，手繪不是問題。作品說明卡只有編號、作品名稱和簡單的技法、材料說明，因為張張不同，當然是手工最方便。只有請帖（邀請卡）需要「量產」，以我們的經濟能力，不可能請外面印刷，當時台灣還沒有「影印」這種東西，所以少數需要邀請卡的展覽，就得自己「刻鋼板」油印（俗稱謄寫版，就是當時印考卷的方法）；講究一點的，再加上手工點彩。

雖然是像「扮公伙仔」的小畫展，觀摩的價值還是很高的。曾有一位僑生展出一、二十幅水彩畫，那是我第一次聽到「縫合法」這種水彩技法的名稱，還有留白膠以及 ARCHES 水彩畫紙。因為在戒嚴中的台灣，有些東西沒進口，不容易買到，而且僑生在僑居地受過的美術教育觀念和技法與材料，和台灣很不一樣。

有些本地的學長想法也很特別。一年級時，有位學長開個展，特別將展覽的名字叫作「樓頂間畫展」，弄不清楚它的意思是在樓頂（台語樓上的意思，不是頂樓）開的展覽，還是說這些作品是在家裡的樓上完成的。不過這樣的名稱就是能讓人印象深刻，尤其是當教國語的老師指謫他這「樓頂間」是日本話，不該用來作為畫展的名稱時，更加深了我對這個展覽的印象。展出的作品，全部是捨棄透視遠近表現的街景，每一幅都是正面描繪對街並排的樓房表面；這些樓房有兩層樓的、有三層樓的，不論是紅磚的堆疊或是水泥的形塑，還是玻璃窗的木框結構，都很有變化，可以感覺到工匠們在柱子、在女兒牆雕花裝飾上，相互較勁的心思。學長以簡單呈現繁複，以活潑流利的細線勾出這許多造形的趣味，放棄光彩的表現，只以透明水彩，平塗和點彩。全部作品呈現的是明快、輕鬆的現代感。展覽

餐廳外，走廊的牆上，
每天都有不同的海報，
吸引我們的目光。

期間，我好幾次泡在會場，希望有機會向學長劉武雄請益，可惜都沒碰上。後來，只知道學長畢業後，在現代文學方面的努力頗有成就，他就是筆名「七等生」的現代文學家。

在小畫展裡，將自己的畫作裝框，與同學的作品陳列在一起，可以換一種角度或心情重新檢視自己的創作，是一種很好的學習活動。但是，每次展出，光是裝框就要花費不少錢，實在負擔不起。所以，我們班每人都訂做了一個可重複使用的水彩畫框，有活動的旋鈕可以裝卸圖畫。全班四十二個框子同一規格，分別保管，可以集中輪流讓每位同學辦理四十二幅以下的個人展覽，也可以進行全班每人一件的展覽。這個省錢又方便的辦法，是導師黃啟龍想出來的妙點子。

東拼西湊，裝神弄鬼的化妝晚會

每年辦一次以化妝晚會為名的同樂會，是藝術科的傳統。大家在開班會時訂好日期，班長和總務股負責草擬貴賓名單和邀請函，學術股和體育股以及副班長負責向同學募集節目，安排演出程序。演出場地和茶水點心，就由導師帶著總務和幾位細心的女生去張羅。

化妝晚會，打扮成牛仔裝扮的有好幾位。

化妝晚會，大家想各種點子「化妝」。

班上同學都在意自己要如何「化妝」，每個人都很神秘的在暗地裡準備著，希望能夠出奇制勝。不過，有時候雖然有許多點子，有許多構想，找不到適當的裝扮材料的話，也是無奈。一年級時，我在家裡找到一大塊紅布和一件很窄的長褲，就打扮成鬥牛士。可惜帽子做得不好，被看作是美國的西部牛仔。想不到這一年打扮成牛仔的有好幾位，就找我

李朝木與葉義男扮日本盲劍客。

一起合影，其中僑生周婉正的牛仔最正點，彈著吉他和西方淑女吳碧緹合唱西部歌謠，獲得最多掌聲。

晚會現場真是時空交錯，阿拉伯王子、印地安酋長、穿雨鞋的海盜、土耳其姑娘、日本小姐、卓別林、魔法師都來了。當然大都只是虛有其「表」，而這個「表」有些是費盡巧思做出來的「道具」，也有真材實料的。像卓別林是我在二年級時從家裡挖出父親結婚時的燕尾服扮成的，而日本小姐是林朝光帶來家裡留存的和服男扮女裝。魔法師李朝木不重視外表打扮，當場秀了幾招魔術，而他另一次扮成日本盲劍客，頭頂臉盆、腳踏夾腳拖鞋、手持木劍，也是笑果十足。瘦瘦黑黑的曾樍郎，乾脆強調他的特色，就打赤膊扮黑人，令人印象深刻。新生訓練時擔任中隊附的學長王克武，是我們一年級時晚會的貴賓之一，在大家鼓噪之下，這位個子不高的山東大漢秀出一段雙刀舞，果然是真材實料，有家學淵源的。

化妝晚會除了聯誼、好玩之外，對藝術科的同學也頗有刺激創意的功能，聽說台灣師範大學藝術系，也有化妝晚會的傳統活動，不知道是哪一個學校先開創這個活動的？

我的社團活動

〈之一　戰鬥美術社〉

高中有社團活動，我選擇了本來就很喜歡的漫畫和話劇，學長來招募社員時，說：「喜歡漫畫的，跟我來。」

我就這麼簽名加入了。後來才知道這個社團叫作「戰鬥美術社」，因為那是高唱反攻大陸的年代，漫畫是用來為「反攻大陸」這個「時代任務」服務的。

不過，社團指

常常要畫壁報，反共抗俄的戰鬥美術社。

導周瑛老師除了讓我們欣賞中國大陸抗日戰爭時期作為宣傳畫的木刻版畫之外，也鼓勵大家從國外的雜誌上欣賞優秀的幽默漫畫。

因為是戰鬥美術社，遇到重要的節日，我們都要負責以漫畫做壁報，畫了許多自己也不太相信的，大陸同胞水深火熱、吃草根啃樹皮的生活狀況。

〈之二 三義的超大畫作〉

比我們高一屆的藝術科學長中，有三位的名字最後一個字，恰好都有一個「義」字，他們都是素描高手。有一年，被老師指派，一起完成一幅大作，因為畫幅很大，無法在美術教室進行，就安排在大禮堂工作。（現在台北教育大學中，仍然存在的師範學校時期建築。）

我們只要有時間，就抱著好奇心，去那兒觀摩。原來畫的是巨幅的蔣總統畫像。在大禮堂，有足夠的空間，可以在工作中，退到適當的距離檢視看畫得像不像，以及整體的色彩效果。不記得他們畫多久才完成，因為是他們三位合作，所以簽的名是「三義」。

這幅畫是為了慶祝蔣總統生日畫的，因為三年級的學長接著要去教育訪視旅行，十月三十一日的慶祝遊行就指派當時二年級的我們班，派五位同學將這幅畫裝載在買菜用的手拉車上，去參加遊行。我因為是區隊長，無法推卸，就和另外四位同學，大清早將這幅畫從和平東路學校大禮堂，拉到總統府廣場，參加慶祝大會，再從總統府廣場拉回來。當時和平東路旁的房子還不夠高，不夠密，有時候風很大，頂著風的大畫，突然間變得好重好重，真的要五個壯丁一起推才行。順風時，我們就得用體重和鞋底的磨擦力，將車子煞住。推著，拉著，頂著，我們不知不覺唱起「領袖，領袖，你是民族的救星，你是大時代的舵手……我們永遠跟你走！我們永遠跟你走！」的歌詞來。其實因為精疲力盡，心中想的是快點回到大禮堂放下這幅畫，不必再跟著它「走」了。

記得剛考上台北師範時，媽媽告訴我，爸爸以前讀的「國語學校」就是「台北師範學校」的前身，當時每天都要由學校慢跑到北門再折返回學校，而因為那個時代會在街上跑步的，只有拉黃包車的車伕，所以國語學校的學生就有一個外號，叫作「北門ㄟ拖車的」。沒想到，我讀師範學校，卻真的來「拖車」了。

十月三十一日，當時二年級的我們，被指派將慶祝蔣總統生日的畫像裝在手拉車上，去參加遊行。

〈之三　北師話劇社〉

加入話劇社的目的，是希望訓練自己上台說話的膽量。小時候媽媽曾經說我畏畏縮縮，像一隻小烏龜，想到將來要當老師，需要先訓練上台的勇氣。另一個目的是希望有機會學舞台設計，畫舞台背景。

我在話劇社曾參加過一齣戲的演出，演一個吊兒郎噹的少年人。常常排演到深夜，雖然大家住校，沒有夜間交通的問題，不過還是影響到第二天上課的精神。所以在校慶演出之後，就不再參加了。在話劇社留下最深刻的印象，是三年級學姊為我上妝的一幕。在畫眼影時，她叫我張大眼睛瞪著她看，那是我第一次這麼近距離的看一位美女。

在後台，學姊幫我化妝。

裸體畫

〈之一　石膏到人像〉

藝術師範科一年級到三年級，每學期都有素描課，美術教室的櫃子裡有許多石膏像，從半面像、頭像、胸像到半身像，樣樣齊備。雖然大家常常利用午休時間練素描功，甚至週日和休假日也都泡在美術教室裡，這些石膏像也絕對夠用，畫也畫不完，不過，同學卻漸漸感覺到素描的對象不該只是這些冷冰冰的石膏像，人像美或人體美也不該全部以西洋人的雕塑為探索對象。

放眼觀察生活中接觸到的販夫走卒，以及師長親友，我們想到應該要畫活生生的，有血有肉、有感情的「人」，而且應該從台灣人身上去尋找、去形塑屬於我們的美感。於是，週六、週日幾位男同學相約在宿舍內輪流充當模特兒，從穿著運動服裝到全裸，都很認真的畫著。因為都是藝術科的同學，平時在大浴室淋浴時也都袒裎相見，沒有甚麼不自然的。我們也不再像畫石膏像那樣僵硬與拘束，大家都自由奔放的揮灑，希望能畫出有生命的作品來。

週六、週日幾位男同學相約在宿舍內輪流充當模特兒。

〈之二　林絲緞女士〉

三年級上學期，接近寒假的一個週末，好友郭玉吉不知道從哪兒打聽到，當時台灣唯一的職業人體模特兒林絲緞小姐的工作室，經過連繫，她破例答應在特別的時段讓我們四個（也就是四大金剛啦！四大金剛的緣起容後再述）去她的工作室畫人體素描。

下午五點多在學校用過晚餐之後，帶著畫紙和炭條前往，到工作室時，天色已經很暗了。一位男士來開門，他姓劉，是一個音樂家，瘦瘦高高的，氣質很好。工作室在二樓，有很多畫架，還有一些別人畫的水彩及油畫，都是不同風格的人體畫。林女士是一位舞者，出來和我們打招呼時，可以感受到她走路的韻味和節奏的美感。據說是一些前輩畫家，說服她，才出

在林絲緞工作室中畫素描。

來擔任人體模特兒。

開始工作時，她穿著一件毛巾質感的灰色睡袍，以優雅的姿勢解開衣帶，褪下的袍子落在台上的箱子上，正好成為舒適的坐墊。她輕輕的坐下，稍稍調整一下角度，看大家都沒有意見，我們就專心的從各自的角度開始描繪，沒有人說話，只有炭筆和手在紙上磨擦的沙沙聲。林小姐真的很專業，坐定之後，幾乎就不動了，不像我們自己輪流當模特兒時，常常被畫畫的人喊：「別動！別動！」、「哎呀！姿勢又不一樣了！」她在中間安排休息的時間，也正好都是我們覺得需要喘一口氣的時候。重新開始時，發現她的空間記憶力超棒，一坐上去就是原先擺的姿勢。

這是我第一次這麼正視著異性裸露的身體，可能因為是想要探索人體的美，本意就帶著一種尊敬，只覺得呈現在眼前的是莊嚴的美感。曲線在優美中帶著強烈的生命躍動，卻在靜止中蘊藏著彈力，光影在神秘的凸凹之間巧妙的變化著，我知道自己的功力不一定能掌握這一切，只能盡力而為。

連同休息時間大約三

在郭玉吉位於台中新社的農莊畫室裡，與郭玉吉的作品合照。
照片左起：郭玉吉、曹俊彥、蔡益助。

個小時，我們都畫完一幅對開大的素描。我一直想把不同於白色石膏的健康膚色表現出來，好像因而畫得太黑了。那天，畫得最生動自然的是郭玉吉，他之後又自己來畫過好幾次，後來還參加林絲緞人體畫聯展，有兩幅油畫被美籍的飛行員買走。才高中三年級就賣畫，在同學間也成為美談。這一次受到肯定的經驗，郭玉吉後來的創作就常常以人體畫為主要題材。

〈之三　暖暖的羅宋湯〉

第二次休息時，林小姐在取暖用的小爐子裡添了一些煤塊，並擺上一個鍋子。在我們快要畫完，快九點的時候，鍋子裡咕嚕咕嚕的滾著，冒出來的香味，也讓我們的肚子咕嚕咕嚕的呼應著。

不記得這一次畫圖她收多少錢，只記得她說我們都是學生，又都是師範生，沒什麼錢，所以退給我們一半。接著，又說她知道我們的伙食不是很好，要我們留下來，和她一起享用那一鍋羅宋湯。那一夜外面吹著寒風，一碗熱湯加上蕃茄、馬鈴薯、白菜和一塊帶肉的排骨，真是暖胃又暖心的無上美味。

快見到鍋底了，我們才想起，該留一些給劉先生，他到外面去擔任鋼琴家教，過一會兒就要回來了。

第五部

等待孵出來的老師蛋

國語的壓力

師範學校就是培育小學老師的學校，為了推行國語，師範學校的學生，一定要通過國語大會考才能畢業。所以「國語」課，雖然一星期只有一堂，感覺上份量卻很重。加上，國語課的老師要求嚴格，所以大家都很緊張。這種情形聽說全台所有的師範學校都一樣。

以北京話為基礎的國語發音，對每一位同學而言，都有不同程度和不同形式上的難度。因為同學中好像沒有一位母語是北京話的，所以該捲舌時不懂得捲舌，不該捲舌時又拚命捲。「喝湯」唸成「喝貪」，「音樂」讀成「因葉」，分不清或發不出的音，形形色色。因為從小習慣的語言模式很不容易改，怪不得國語老師那宗訓要求特別嚴格。那老師常常會點名，要求同學利用課外時間，到他的宿舍接受「正音」訓練。同學都知道一旦被點名，五、六十分鐘枯燥、反覆練習一兩個音，無法做別的事情是很平常的。

能考進師範學校的同學，大都學習能力很強，再加上大家都不希望被點名去正音，所以每個人的學習態度和成果都很不錯。但是經過一個寒暑假，回鄉享受天倫或孝敬長輩，當然是天天使用長輩熟悉的母語之後，等到下學期開學，就得再努力修正了。

到今天，我還是常常搞混「發」和「花」的發音，當時當然也會是緊張害怕的一份子。有一次上完國語課，正想溜進美術教室去拚素描，「曹俊彥，等一下！」，突然被那宗訓老師叫住，他的雙眼笑瞇瞇的，透過深度的眼鏡盯著我，說：「午餐後，到我宿舍來一下。」我想：「該來的，終於還是要來的！只好面對了！」下課時間，我不自主的用炭筆在畫紙上磨擦著，減輕一些焦慮。

午餐後，怕老師會有午休的習慣，早早的趕去報到。那宗訓老師來應門，他沒有叫我進去，卻拿了一張手寫稿紙出來，叫我讀。我很小心的，盡量字正腔圓的唸出來，那是一首兒歌，字不多，我不知道裡頭哪一個字是我可能讀錯的。

「覺得怎麼樣？」「很有趣。」那真的是一首好玩的兒歌。「是我寫的，你可以幫我畫插圖嗎？」好好玩！竟然不是要正音，而是要我畫兒歌的插圖。那一天晚自習，我馬上動筆。第二天就把畫好的圖裝進信封，塞到那

老師來應門，沒有叫我進去，而是拿了一份稿紙叫我看。

老師宿舍的門縫裡。

不記得隔了多久，又一次上國語課，一樣是下課時被那老師叫住。深度眼鏡後面還是一樣的笑容，這一次沒說什麼，只交給我一個紙袋，裡面有一本《新生兒童》和一張稿紙寫著另一首兒歌，附註：「上一次畫的登出來了，在第 x 頁，他們會寄稿費給你。」打開周刊，看到自己的名字和老師的名字並列，覺得很不好意思，因為隔了一些時候，再看到自己的作品，覺得既幼稚又粗糙。下一次，一定要更加用心的畫！

又隔了一些日子，學校廣播有掛號郵件的同學名字，我以為是家裡寄什麼東西來，結果，真的是稿費！這是我第一次為兒童讀物畫有酬的插圖，並且是我踏入兒童文學美術工作領域的第一步。

十指練功難上難

在音響器材還不夠進步，不夠普及的年代，在電力還沒有普及到偏鄉地區的時候，在偏遠地區的學校，最起碼會有一台風琴。

風琴是老師教小朋友唱歌、認識音樂，或唱遊跳舞時，一定要有的教具。風琴也是學校升旗，或是早會列隊進場時彈奏進行曲，一定要用到的樂器。在規模比較大的學校，彈風琴可以算是音樂老師的職責。但是在深山，或人口少的鄉下小學校，常常是校長兼老師兼撞鐘的校工及護士。這時候，這位老師就得十八般武藝樣樣精通才行。誰也無法保證你會不會被分發到這麼需要「全才」的學校去任教，所以師範生的音樂課不能只是唱唱歌，欣賞一些美妙的音樂，一定要安排鍵盤課。不論是藝術科、普通科，或體育科，都得學會彈奏簡單的曲子，學會看譜練琴。

彈琴光懂得指法還不夠，得要花時間勤練，指頭才會靈活，動作才會協調。學校有三、四間琴室，每間琴室都有一架鋼琴，就是我們入學複試時考「視唱」的地方。因為大家都要練習，只好安排時間輪流。因為琴室在距離一般教室和宿舍都很遠的西北角校園外，當時也沒什麼民家建築，所以連晚上也排滿了練習時間，那幾台鋼琴的使用率大概是全世界最高的了。

我家除了學商的大哥和我不會彈琴，其他人都會彈一兩首。家裡有一台風琴，是媽媽的嫁妝，照理說，我應該也有音樂細胞才對，可是，卻一直學不會雙手彈奏。現在當阿公了，孫子兩歲左右時，到家裡來玩，看到鋼琴，要我彈「一閃一閃亮晶晶」和「兩隻老虎」，我都只能用單手彈，暫時安撫他。等他爸爸和姑姑回來，再陪他盡情的玩。

那麼，只會用一手彈，我的鍵盤課怎麼通過的呢？說來很幸運，那是因為音樂老師編小學實驗音樂課本，找我幫忙畫一些小插圖，他讓我通過的理由是，像我這種人不適合分發到小的

我的時間都先用來畫圖和應付其他課業，練琴的時間不夠多，所以一直都只會單手彈奏。

學校，而分發到大的學校，根本不需要我去彈琴，所以放心的讓我用單手沒有和音的彈一兩首小曲子，就算通過了。還好畢業後，被分發到母校永樂國小，擔任自己專長的美術課，不需要面對鍵盤的考驗。當然，也同時失去由單手彈奏升級到雙手合奏的訓練契機了。

觀摩與試教

培養國民學校優良師資是師範學校的主要目標，所以到了二、三年級，就會有教學實習的課程，學校會安排我們到輔導區的國民小學去參觀。在輔導區裡的小學，一方面接受師範學校的各種協助與輔導，另一方面則提供師範生教學觀摩和試教的機會。所以輔導區的小學老師及行政人員，也等於是我們的老師，而那兒的小學生是我們最初接觸的學生。

初次教學參觀都會安排在附屬小學。附小的行政與師範學校是一體的，安排教學觀摩和試教活動是附小行事曆一定有的項目。所以，附小的小朋友很習慣有實習老師到他們學校來，他們也常常會跑到二、三年級的宿舍來找有如大哥哥、大姊姊一般親切的實習老師。因為師範學校和附屬小學距離都不會太遠，有如圍牆外的另一個家。

附小的美術教室

我對附小印象最深的是我們的學長、美術老師何肇衢，和他的美術教室。那個教室在臨街紅磚建築的二樓，比一般教室長。小朋友上課創作的空間約佔三分之二，另外三分之一是教學準備和放置材料的空間。有一座專家級的室內畫架，上面是一幅未完成的油畫，是一幅帶有塞尚筆調，但色彩更加豐富、夢幻的半具像風景。後面牆上則是一幅畫在紙上，有童話趣味、律動感十足的森林，色調和架上的油畫共鳴著，聽學長說，那是將日本兒童雜誌的插畫仿作放大的。

小朋友在這兒上美術課，學長在這兒創作自己的油畫，小朋友精彩的作品就和老師的油畫並列著；我覺得這是兼具「創作身教」的教學環境，當時就夢想自己畢業後也能有這樣的美術教室。

附小美術老師何肇衢與他的美術教室。

集體出差

輔導區的小學有時候會要求實習輔導處提供各種支援。有一次在新生南路的龍安國小，可能因為什麼活動，有幾間教室需要重新粉刷並做教學佈置，但是經費不足，請不起外面的工人。他們聽說我們藝術科這一班，每年都自己買材料，粉刷自己的教室，在視聽教育課也有製作輔助教具，如掛圖、標語等的經驗。因此，要求我們支援。

經過班會同意後，就由教我們實習輔導課的柯維俊老師帶隊前往義務服務。連續兩天，我們在那兒當粉刷的工人，和繪製教學用及佈置用畫片的畫師。為了節省交通時間，午餐就由龍安國小的教務主任帶我們到新生南路，包下瑠公圳邊的一個小館子用餐。二十個大男生，平時被胚芽米撐大的胃，兩鍋蓬萊米的「軟飯」一下子就見底了，老闆趕緊端出又大又白的饅頭，也是一掃而光。

大概是這一天爬上爬下的粉刷，特別耗費體力，食量特大，把教務主任嚇到了，第二天午餐就改發餐費，讓我們各自到附近小食攤去解決了。其實第二天的工作大都是在桌子上畫圖塗色，似乎就沒那麼餓，也就沒那麼會吃了。

四大金剛

柯老師發現我和蔡益助、郭玉吉、邱清剛一組四個人，在佈置教室和繪製教學輔助的圖畫時動作很快，效果也不錯，後來輔導區學校需要支援，柯老師就會馬上想到我們。因此，輔導處的老師們乾脆給我們一個封號叫作「四大金剛」，常常叫我們到辦公室幫忙製作一些教學用的卡片、掛圖和裱板。我們也樂得在課餘用一些免費的材料玩玩色彩、玩玩造形。

比較特別的是，有一回，四人一起遠征平溪國小。為了不影響功課，我們在週六午後出發，因為這個學校在火車支線上，相當偏遠。我們依照黃校長的吩咐，先在台北買好佈置八間教室要用的紙張與顏料，並帶著自己的畫筆，再搭火車到三貂嶺轉平溪線。校長親自到車站接我們，一起上坡到學校。教室的白牆已經由學生家長幫忙粉刷好了，我們的工作是畫一些二方連續的花邊，作為標語和教室牆壁腰際線的裝飾。我們選擇中明度色彩的紙張，如土色的牛皮紙，灰色的書面紙等為底，再以明度最低的黑、墨綠或深咖啡來勾線，畫上動物或植物的造形。最後以最高明度的白或高彩度的橙、黃、紅、綠，只選一個顏色小面積的點彩，達到提神的裝飾功能。

因為每個教室選的紙張、色彩和圖樣不同，就各別有不同的氣氛產生。大致上，低幼年級以動物的圖案為主，高年級則以花、草、葉的圖案為主。我們以類似生產線的方式工作，速度很快，晚上下坡到車站附近的小食堂用餐，稍作休息就又回到坡上的學校教室繼續完成剩下的工作。隔了那麼多年，我已經忘記那天晚上睡哪裡，只記得第二天早上校長很意外的發現我們早已完工了。

吃過早餐的清粥小菜，我們就一起搭車回台北。平溪是風景很好的地方，我自己初中的時候到菁桐坑，曾經經過這兒，這一次竟然沒有和他們三位一起留下來玩個半天，就趕回學校。

五十年後（二〇〇一年三月），移居美國的邱清剛回來探親，蔡益助開車，我們一起重遊舊地。這兒已經成為放天燈的觀光勝地，平溪國小的教室也改建了，不似以前的簡樸。這次重遊，可惜郭玉吉遠在台中不克前來，無法再湊齊一次四大金剛。

四大金剛與黃啟龍老師合影，於和平東路師大的地下室餐廳。左起曹俊彥、蔡益助、導師黃啟龍、郭玉吉、邱清剛。

勝利女神

四大金剛被要求去支援佈置環境的，除了輔導區的學校，還有到三芝實習時，和我們班上比賽過幾場籃球的飛彈部隊。飛彈部隊，在一九六〇年代是相當前衛的兵種，部隊中士官級以上，都曾派往美國受訓，營房建築都依美軍規格設置。

那天，英俊年輕的軍官開吉普車來接我們四個，半路上被憲兵攔住，因為軍車不能隨便讓老百姓搭乘，還好有一紙向學校借用學生的公文。一進營房，先到餐廳吃飯，那是我第一次吃可以自己選菜色、決定份量的自助餐。

稍作休息之後，一面換上部隊的連身工作服，一面聽一位士官長說明。

我們的工作是在飛彈保養的庫房牆上，描繪帶有裝飾趣味的工作程序表，他們因為不希望讓不明身分的油漆工進營房，所以向學校借人。要畫圖的牆很高，我們得站在很高的鐵架上工作，還蠻辛苦的。還好利用牆壁上磚頭自然形成的方格，很快的用炭

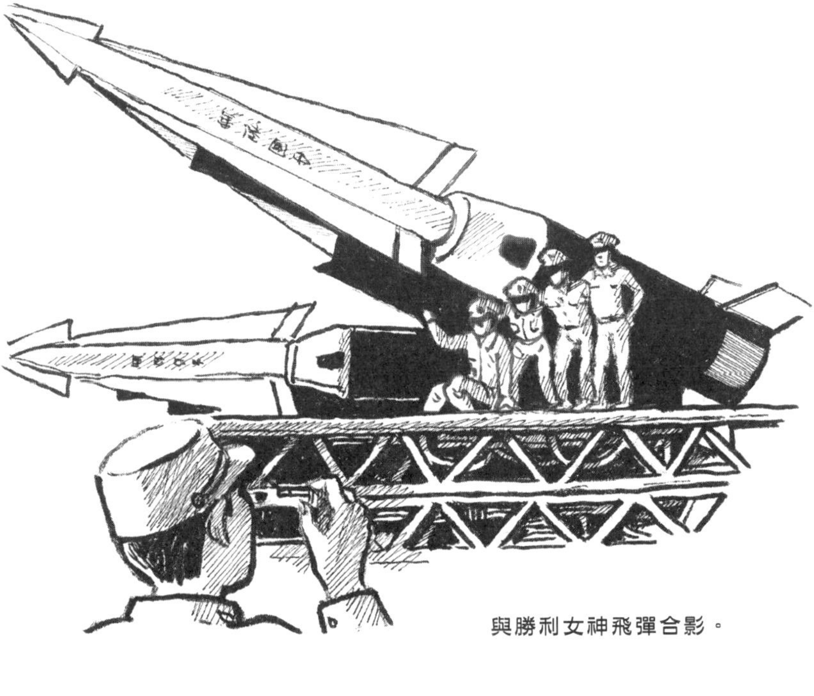

與勝利女神飛彈合影。

筆將說明書上的畫放大描好，由曾當過「畫看板」小弟的蔡益助，教大家適應油漆的材料和工具，細心的描線上彩。

工作完成之後還有時間，我們就穿著連身的工作服到發射場跟「勝利女神」飛彈合影，士官長和那位英俊的軍官，特別為我們將飛彈調成三種預備發射的角度，相當壯觀。雖然是來當義工的，享受的卻是貴賓才有的待遇。當時，看著這些最先進的防衛武器，真的會有生活在台灣很安全的感覺。

包下一個小學

實習輔導處派遣我們班支援輔導區學校的活動，源自「集中實習」。那是三年級上學期（民國四十九年，一九六〇年），我們全班由柯維俊老師接洽、策劃，包下台北縣三芝鄉的三芝國小。

集中實習的項目包含教學、行政，以及學校與社區的交流活動。當時三芝國小校舍全部是日治時留下來的木造平房，我們將粉刷教室的能耐發揮出來，先讓整個學校煥然一新，連一些露天的圖表、標語，都重新刷過、畫過。

每間教室，則由共同擔任實習級任老師的兩位同學和原來的級任老師討論過後，佈置成各具特色的教學環境。這是藝術師範科的「舉手之勞」，之後輔導區其他學校知道了，紛紛藉由舉辦各項活動的需要，要求輔導處派遣支援。

拚命教，努力考

一個月的集中實習，說長不長，說短不短，同學們一方面興奮於可以連續四個星期和可愛的小朋友相處，一方面很緊張的希望在這一段時間內「教」出一點兒自己和小朋友的成績來。白天，在原來的級任老師協助下，面對著小朋友，盡其所能的把自己的能力發揮出來。雖然還是依照課表上課，但因為小朋友對實習老師感到興趣，似乎學習得特別認真，出席率也特別高。下課的時間，兩位實習老師，不是和原來的級任老師討論教學的技巧與內容，就是陪小朋友玩各種遊戲。鄉下的孩子，很靦腆，但是玩起來也會很瘋。

為了給孩子們更多補充教材，也為了檢視孩子們吸收的情形，晚上在特

集中實習時，大家都拚命出題目印考卷，整學期
要用的蠟紙和白報紙都被我們用光了。

別為我們開放的辦公室裡，同學們都埋頭備課。要使用刻蠟紙的鋼版得排隊，要使用謄寫版印刷機（油印機）也得排隊。刻鋼版、使用謄寫版印刷的方法與技巧，有些同學是在初中或小學高年級當老師的助手時使用過，大部分的同學是這次集中實習向在職的老師學的。看似簡單的事，其實是需要一些技巧的，刻鋼版的力道太大，蠟紙會破，力道太小則根本印不出來。印刷時油墨太濃、太淡都會影響蠟紙的使用壽命，推滾筒也得遵守單向並且把力道控制均勻的訣竅，蠟紙才不會皺，不會破。我因為母親是小學老師的關係，曾經偷偷試著用謄寫版印賀年卡，所以用起來很順手，沒困難。

實習結束，最後一次朝會，黃校長笑著說：「看蠟紙和白報紙的使用量，就知道你們有夠認真，學校預備用一個學期的印刷材料，在這個月內就被你們全部用光了！」

實習期間，我們發揮了藝術科的特長：做教具，畫與教學相關的壁飾、圖案。可是在這個風光明媚的三芝鄉，有山有海，和美麗的田園，竟然沒有任何一位同學畫下一幅風景畫。這一點是結束實習、回到學校才發現的，可見集中實習的忙碌與緊張。

毛骨悚然的暗夜

我們去三芝實習的時候，那裡還是一個很簡單純樸的村莊。十五位女生為了安全，就住在當地唯一的旅館，男生則借住農會的倉庫，在水泥地上鋪了向三芝陸軍飛彈營借來的軍毯。

我們在那裡睡了一個月，倉庫的燈很小，又掛得很高，昏黃昏黃的。所以，我們盡量在學校的辦公室批作業，準備教材、教具，每天到十點多才回去睡覺。有一次夜裡，我一個人回倉庫拿東西，從學校到農會的一段路會經過一兩盞路燈，電線桿上貼著一紙告示，我好奇的湊過去看，竟然是命案受害者死狀的黑白照片，在四周一片漆黑中，恐怖效果加倍！雖然我還是硬著頭皮、繃緊神經的去拿東西回辦公室，不過一路上都覺得很毛。

野溪裸浴

男生睡農會沒有浴室，早晚就在學校的洗手台簡單梳洗。隔幾天，我們會選個好天氣的傍晚，大家一起抱著臉盆到野溪去洗澡。野溪很小，水很清、水量不大，潭雖不深，還可以泡半身。這個期間沒什麼路人，若有路

右頁：電線桿上的告示。

TS'AO

兩個婦人在木橋上聊天，我們趕緊躲到水裡。

人經過，我們就泡到水裡躲一躲。

有一次有兩個婦人從路的兩頭過來，到了木橋上兩人相會，竟聊了起來。我們趕緊躲到水裡；十一月天，水冷不好受，還好沒人因而感冒。後來，有人把這件事稱作「長舌婦事件」。不過，我們很快就淡忘，因為教學實習的工作夠我們忙的。

赤腳小天使

為了各種衛生和安全的理由，學校規定小朋友上學要穿鞋子。小朋友都很乖，都會穿鞋子，但是上體育課賽跑，會跟我們要求脫下鞋子來跑，因為穿著鞋子不會跑！

我因為兼任訓導，早晨上學時間在校門外巡走一趟，發現小朋友都是帶鞋子來上學，到校門口附近，才把鞋子穿上去，放學的時候走出校門，就找個地方脫鞋，揹在背上，或塞在書包裡面，再跑步回家。好像男生都是「赤腳上學去，穿鞋進教室」，因為鞋子不便宜，這樣可以穿久一點！

雖然只有短短的一個月，我們也實施家庭訪問。家庭訪問時，都會有一群小朋友帶路。於是，在三芝街上，就看到東一群小朋友簇擁著兩個小大人，西一群小朋友推著兩個哥哥、姊姊，成為那幾天三芝的特殊景觀。

有女同學說，看到家庭訪問的資料簿，才知道他們班班長還有一個哥哥，當時應該是六年級的，但是沒有來上學，訪問後得知是賣給北新莊的農戶當長工去了。這是前一個時代因為貧窮遺留下來的習慣，很多家庭會把養不起的小孩，或聽算命的建議，把孩子，特別是女孩，送或賣給別人。那位哥哥，五年級時的成績很好，於是同學拜託鄉公所的人設法連絡北新莊那邊，協助他繼續上課。後來結果如何？就不知道了。

我唸小學的時候，很喜歡國語課的造句練習，在造句中滿足創作的成就感，不過

也常常因為對造句的詞一知半解而鬧笑話。我在實習時，有一次用「倘若」讓小朋友們造句，有一位小朋友說：「烏鴉吃了一塊

許多男生都到校門口才穿鞋子。

倘若。」這一句當然是不通的，但讓我回想起自己的過去，感覺好親切。

原本在這兒任職的校長、主任老師，並不因為我們來實習，而輕鬆放假去。他們從教學計畫的擬定到作業批改，都得協助我們，以減少差錯，還安排了一次週末半日遠足，讓五、六年級的小朋友帶路，到海邊看夕陽。那天回

實習課堂上的教學實況。

程時已經夜幕低垂，有些路段根本沒有路燈，我看不清楚，只能放慢步伐，小朋友們卻照樣健步如飛，自在的前前後後、來來去去。他們生活在照明不多的鄉下習慣了；我這個從小生活在燈光通明的城市人，對黑暗的適應力就差多了。

上圖：別哭，別哭。

下圖：男生只有班長穿鞋子。

一個月很短，卻是小朋友一生難得的經驗。那麼疼他們的大哥哥大姊姊，大家才剛混熟了，卻要離開了。軍用卡車來載我們回台北時，小朋友和我們班上的女生，抱在一起，哭得唏哩嘩啦的，男生不知道怎麼辦才好，只好裝作努力的在搬行李了。

揹著蚊帳，去旅行

三年級，有許多教學參觀和實習活動，包括在三芝國小一整個月的集中實習。還有到南部的畢業旅行，真的夠忙的。

聽說以前畢業旅行都搭火車，行李包含睡覺用的毯子和蚊帳，不但要搬上車搬下車，還要揹著走到投宿的地方。

到我們的時代，已經有遊覽車，可以直接開到住宿的地方，真是輕鬆了許多。不知道是為了節省經費，還是藉著旅行讓師範學校進行校際交流，相互參觀，我們投宿的地方是其他地方的師範學校。當然，台北師範也一樣要接待其他師範學校的旅行團來作客。當主人的學校除了要安排打地鋪、掛蚊帳的地方外，還要代辦伙食，以及客人出外參觀教學時所需要的便當。大家依照人數，把米單和副食費點交給對方，而燃料費和伙夫的工資就不算在內了。

因為大部分師範學校，都是男、女合校，浴廁設備的使用都沒問題，只有在投宿於高雄女師時，我們這些男生的洗浴時間，才特別在浴室門口貼上好大一張時間表。聽說有人因為趕不上時間，就沒洗澡，成了貨真價實的臭男生。我們班和音樂科同一團，參觀行動時，一班一部車，睡覺時，就男生一區女生一區的分開來。帶隊的老師是柯維俊和王鴻年，他們兩位共同的特徵，就是瘦瘦的，走起路來，好快好快。

我們參觀許多有特色的學校，印象較深的是竹師附小以布袋戲演營養教育，在清水看科學教育，在台南看兒童畫教學，行程很滿。

我們當然也順道遊覽名勝古蹟，並搭船到小琉球；像日月潭這麼美的地方，沒有師範學校，我們當然就住在教師會館，好好的當個觀光客了。

各奔東西之前

我們班上的同學，來自四面八方，三年同窗，一起吃大鍋飯，睡大通鋪，而且都喜愛美術，所以有共同的話題，這個緣分真是難得。

畢業後就要各自歸鄉，等待被分發到各地需要師資的國民小學去服務。那個時代的交通和電信，不像現在這麼發達方便，分道揚鑣、各奔東西之後，什麼時候還能再見面，真的很難說。

畢業考和國語文大會考之後，一、二年級的學弟妹為我們舉行送別晚會，更加勾起大家依依難捨的離情。晚會結束，大家不約而同的在繁星閃爍的夜空下，聚集到籃球場，或坐或躺的，想繼續那談不完的話，卻又不知從何說起。大家只有默默的珍惜著那可以互相感受體溫與呼吸的一分一秒。夜更深了，女生宿舍的夜間門禁時間早就過了。糜輝明教官了解大家的情緒，並沒有來催促。只是陪著大家守夜。

同學中幾位僑生，有的決定要回僑居地，在那個不開放一般國民出國，出入境管得很嚴的年代。他們一回去，大家就真的很難再有見面的機會了，尤其黃子敬是要回到戰亂中的越南。大家勸他留在台灣教書，他可能有我們無法了解的難題。他回去後，這五十多年來，完全沒有任何音訊。

畢業典禮後，學校已經沒有我們的伙食，同學們陸續回去幫忙家裡的農事。宿舍裡的床位一個一個空了下來，寂寞佔據了這個空間，為了躲開這種寂寞的氣氛，還沒有回去的同學和兩位要回僑居地的同學，一同到碧潭去划船、玩水、散心。我用三姊夫送給我的第一部相機，拍了一些照片，沒想到那就是這兩位同學當時在台灣最後的身影了。

兩位僑生（在右上那條船上打赤膊的兩位）和大家一起到碧潭散心。

戴武光（前）和我共操一舟。

附錄
母親的教育事功

母親為了要帶著五歲的我在身邊，方便就近照顧，所以從市女中的教職，轉調到有附設幼稚園的永樂國民小學任教。

當時台灣剛剛由日本政府轉手到中國國民黨政府，學校教的國語，剛剛由日語改成華語。許多只會台語和日語的老師，還在適應過程中，上課常常是日、華、台三種語言並行。母親因為曾經和父親一起讀經，而學過漢文，很快就透過晚間國語講習會，學會發音正確的國語。再加上她在第三高女畢業後曾再進修師範科一年，在當時這麼「正科」的老師不多，所以校長不但要她教高年級，還連續好幾年兼任學年主任。

善性補習

母親教的是女生班，當時小學生要升學到初級中學，都要經過聯合招生的考試。女生要再升學的人數比男生班少，但是大約也有三分之一多。為了要讓大家順利考上中學，母親曾經邀請成績還不太理想的同學來我們家，再給予加強。

第三高女見學（指戶外觀摩教學）時合影。

當時還沒有所謂「補習」這個名稱，學生到家裡來先由數學成績很好的三哥當小老師，給她們出題習作，並給予訂正。負責炊事的大姊或三姊，這天晚上會煮綠豆湯，等到功課結束時，給學生當消夜的點心。當然，我也可以喝一碗，所以很喜歡她們來我家夜讀。

母親為她們補習，並沒有收任何費用。後來，補習的風氣漸漸普遍，大家都在收費，報紙上開始有人稱它為「惡性補習」的時候，母親就不再讓學生到家裡來，只在每天下課後，讓功課需要加強的同學，在教室多溫習一些，晚一點回家。

頁上圖，師範科畢業，
習生與學童合照。（第
排右起第四位為作者
母親。）
頁下圖，於羅東任教
和同事合影。（左起
二位為作者的母親。）

泡溫泉聽放榜

母親因為是學年主任，不能只顧自己班的學生，還得了解全學年的升學狀況。所以，會在每年聯合招生考完後，請大哥或大姊夫向公司或銀行，借用北投或陽明山的招待所或員工訓練所，帶著全學年的級任老師，到那兒去做兩天一夜的渡假休閒。

白天他們或遊山玩水，或炒米粉做羹湯，有時候也打打衛生麻將，泡泡溫泉。每次我都跟著去泡溫泉，吃點心當然也少不了我。他們打麻將、聊天的時候，我就到招待所附近寫生、畫水彩。這樣的模式連續了七、八年。

印象比較深的是在陽明山的台銀俱樂部，入口看起來只是一般花木扶疏的庭院小別墅。日式的木造建築，深長形的，走至最裡間，是一個處在崖邊的小房間。站在窗邊，隔著一片平原可以遠眺觀音山，傍晚的夕照特別美麗。可惜時間很短，又馬上要吃飯了，當時，我畫的那幅風景寫生是失敗的。

另外一個印象深刻的地方是新北投的華銀招待所。我就在招待所的路邊，畫了一幅類似塞尚用色面表現立體空間的梯田水彩風景。這幅畫我自己很滿意，所以當時有人跟我要，我就爽快的答應了，覺得很光榮；真是大頭病！

晚飯後，天色暗了，他們就扭開收音機，拿著各班級小朋友的名單，聚精會神的聽廣播電台播報上榜的名單，不時傳來如中獎般的歡呼聲。

中學聯考放榜後，升學班的級任老師才真正開始放假。記憶中，母親到這個時候都會全身無力的病個一兩天。聯考帶給老師們的壓力，真的很大。

福利社的阿婆

在我考上台北師範的那一年，母親終於擺脫級任老師的重擔，改當科任。不過，又被指派擔任學校福利社的管理工作。她要管帳，也要管進貨、檢貨、退貨，以及售貨小姐的訓練。

福利社在下課短短的時間內，一定會擠爆要買食物、買學用品的學生，母親會去協助售貨小姐賣東西。小朋友不認識她以前是他們的哥哥、姊姊或叔叔、阿姨的老師，會叫她「喂！」或「阿婆」。

中午的時間來買麵包和牛奶的小朋友特別多，母親和售貨的秀娟小姐都會忙到一兩點，才有時間吃午餐。福利社的麵包和牛奶，母親一定自己先買來試過，知道新鮮好吃，才向他們進貨。記得當時光泉牛奶剛創業起家，又好又便宜，我也常常買來喝。

太原幼稚園

外公姓王，是王氏宗親會的董事之一。他們有一個宗廟設在大同區，除了宗廟本身的祭祖活動外，平時空在那兒，成為附近人士借用為婚喪宴客的場所。母親覺得這麼好的場所應該可以發揮更好的功能，就說服外公，讓她在董事會上，提出興辦幼稚園的建議，並代為規劃，向教育局提出立案申請。

於是，母親在一九五八年（民國四十七年）創立王世宗親會附設太原幼稚園。宗親會聘母親為園長，著手規劃招生事宜，包辦課程設計、教室修整、添購設備、招募師資等

在王氏宗廟的中庭開幼兒運動會。

繁雜的事務。

全家動員

理所當然的，母親也動員我們一家人幫忙幼稚園的草創。學商的大哥協助財務與會計業務，三哥、三姊協助文書方面的工作，我當然就是在一些與圖畫相關的工作上出力。比如要請工人製作玩具的造形，牆上要一些可愛的壁畫來營造幼稚園的活潑氣氛，以及開學要演出的紙芝居故事圖片。三哥還幫我找古典音樂的旋律，錄製紙芝居演出時的背景音樂。那是從33 1/3轉的膠盤唱片轉拷到錄音帶上的。那個時候錄音帶的盤子直徑，也和黑膠唱片的大小差不多呢！

在王氏祖厝的中庭，頒發獎狀給小朋友。

太原獎學金

母親每天中午等學校福利社的帳結好後，再搭三輪車到幼稚園去。或是在沒有課的時間，去忙幼稚園的工作。因為是她提案開辦的幼稚園，真的花了很多精神去經營，所以很快就步上正軌。

由於土地和建築都是現成的，漸漸有了利潤。董事會發現宗廟的房舍土地因為辦理教育事業而得以免稅，董事們省去一筆定時必捐的款項，所以當母親提出合理運用「利潤」計畫時，很快就通過了。這個計畫就是對貧戶以及公教和軍警子弟的學費給予打折優待；並且從太原幼稚園畢業的孩子，在小學、中學成績達到一定標準的，可以回來申請獎金。

幼生的唱遊表演。

母親節，三代合影。

園長阿嬤

母親忙得很累，但是很快樂，卻有人到教育局去檢舉她，說她在小學教書，又在外面兼差。教育局派人調查後，卻表示樂觀其成，應予鼓勵。

原來，母親是以為王世宗親積公德的心在辦學，自己並沒有領薪水。這種情形，我們這些子女也是後來才知道的。

母親開創太原幼稚園，另一個令她高興的，是從大姊的大女兒開始，許多親戚的小孩，包括我的長子，都是太原的園生，他（她）們都親密的叫母親為「園長阿嬤」。

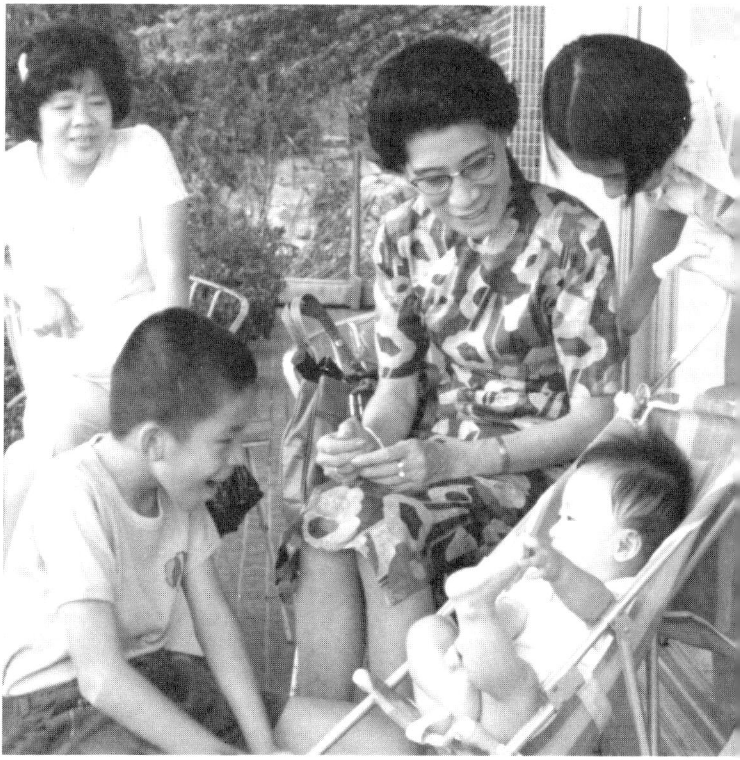

她是照片中三個孫子的「園長阿嬤」。

後記

我是幸運的，希望你也是

游珮芸

在大學教書多年，自己最享受的過程和深刻的體會是：授課是學習的最佳途徑。尤其是面對新的知識領域，最有效的學習方法不是一味埋首書冊，閉門研究，而是教學相長。不管是什麼學門，為了求融會貫通，必須先耙疏理路、自我詰辯，再三咀嚼消化後，再在課堂上闡明要旨；然後透過師生對話，發掘彼此盲點，再試著從不同角度切入、解析，讓原本程度不同，背景迥異的同學們各個心領神會，得其精髓。而其結果，獲益最多的，經常是自己。

在重讀曹俊彥老師的「青澀歲月」時，我也有類似的感悟。在經歷了兩、三年的訪談之後，再度重新回溯，完整翻閱曾經聆聽享受的故事，獲益最多的人，是自己。

在合作的過程中，由於曹老師錄影機般驚人的記憶，以及生動詳實的敘事能力，再佐以豐富的文件、照片和其精密寫實的繪圖補實；那些深藏於生命之樹裡的陳年往事，一經剖開，便層層舒展，如年輪般，細密而清晰的完整呈現。在這一道又一道的年輪裡，充盈著過往的聲音、影像、氣味……。在展卷的同時，就像五感電影般在自己腦中播放，如此真實而具體。

雖然我和曹老師間有些年代差異，但或許是相較於近二十年來台灣社會的急劇變遷，我們成長的年代相對安定靜態，在閱讀某些故事情節時，幾乎不能確定自己到底是單純的旁觀者，還是確確實實置身其中。例如：曹老師提及，北門街景裡大剌剌的生生皮鞋廣告看板；或是仁愛路上城堡般雄偉的國民黨中央黨部；或是路旁擺攤，神乎其技的人像剪影……，都喚起遺忘多年，卻曾是童年裡鮮明亮眼的記憶。還有那反共抗俄的時代標語、對「民族偉人」的洗腦崇拜、羞澀單純和男同學牽手跳土風舞、克勤克儉珍惜物資的時代氛圍……，大概都不是九〇年後出生的孩子，所能想像的。

我很愛聽曹俊彥老師就讀師範學校當「吃飯生」的那段經歷。因為酷愛繪畫，曹老師憑著天分與努力，打破旁人眼鏡——「名登師山」，一舉考上可以盡情畫圖的台北師範藝術科。自此如魚得水，不僅悠遊其中，發揮所長，走上一生鍾愛的專業道路；而且因而結識了諸多志同道合，後來皆各領風騷的業界好友，成為一生互相扶持的夥伴。

那個時代師範教育最有意思的一點，大概是人人皆得說學逗唱，文武全才。除了教授專業學科外，工藝、音樂、美術等技能都得上手。原因是當時很多偏鄉學校人手不足，被分發上任的教師經常必須「校長兼撞鐘」，除了德智體群美所有課程外，可能連粉刷佈置教室、修理課桌椅等工作都無所不包。這也是現代這個講究專業分工，個人權益高漲時代，很難理解的吧。

書寫本文的同時，出生百年前，來自法國的女性藝術家羅蘭珊的畫作，正在中正紀念堂展出。這位和藝術界巨人畢卡索、布拉克等大師同時代，風格殊異，名震一時的偉大女性，由於法國人民的忽視，曾經沉寂一時，直到近年來日本人的發掘和追捧，漸為世人所知。美學大師蔣勳在評論此人時，提及除了藝術上的成就外，她的作品單是「史料」上的價值，就無與倫比。試想除了羅蘭珊之外，還有誰有機會面對面，親筆畫出一個世紀前藝術大師畢卡索、設計巨擘香奈兒和名詩人阿波利奈爾當時的神韻？即使是畫家本人，除了畫作，後人還得依據時人的詩作與評論，推論她當時的心境和生活情態。

相較之下，我們何其有幸，在回顧曹老師的成長年代時，除了那個時代的社會氛圍，各個層面的生活細節外，同時得見一些當代藝文界名人年輕時的身影，例如：愛才惜才，為他打開美學視野的陳昭貳先生；特立獨行，繪畫風格迥異的文學家七等生；在從事美術教學工作時，同步創作不輟的學長何肇衢；以及和曹老師列名「四大金剛」，因為偕同繪畫知名人體模特兒林絲緞小姐被肯定，而後專業從事人體繪畫的郭玉吉。

當然，最精彩的人物，還是故事主角曹老師自己。除了熱愛繪畫和無可救藥的樂觀外，他與生俱來的好奇、求知慾、赤子之心、廣泛興趣。舉凡畫漫畫、踢足球、演話劇，樣樣皆來；還有因此衍生而來的敏感度與觀察力，讓他在跨越半個世紀之後，仍然能將那麼多幽微細瑣的往事，描繪的歷歷在目。曹老師用文字言語加上圖像，鉅細靡遺完整呈現他的「青澀歲月」，是生長在這一土地上，不同世代的讀者之福。

在本書中，曹俊彥老師特別加碼的附錄，是第一本《曹俊彥的私房話》中沒有完整陳述的「母親的教育事功」。一九四五年戰爭結束前，曹老師的父親就因病去世，那時小俊彥還不到五歲，全家的經濟重擔就落在母親身上，後來曹家的大哥永雄也一起分擔。在成長的過程中，曹老師最大的倚靠與支柱，就是母親。母親的身教和言教，對孩子的關愛、付出與信任，一定成就了曹老師樂天知命、愛物惜緣又慷慨分享的性格。從這一篇附錄，我們可以窺見養育曹老師的源頭精神，也可以看成是曹老師對於母恩的感懷與思念。今年年初，比曹老師年長十四歲的大哥永雄過世，長兄如父，曹老師十分悲傷。在第一集《曹俊彥的私房話》中記錄了不少曹大哥的身影，我也曾經訪談曹永雄老先生，聽了很多故事。我和曹老師都很遺憾，第二本「青澀歲月」沒能在永雄大哥生前付梓，不過，相信曹大哥在天上，也正欣喜的翻閱本書。

我因為機緣巧合，得以企劃、採訪曹老師的生命故事，一同見證和重建那個已然逝去的美好年代；並且在工作過程中，親炙曹老師溫良如玉的性格魅力，與春風拂面般怡人風采，於公於私皆大有所獲，是最最幸運的人！

希望閱讀了本書之後，你也會愛上它。而且發現，能夠在曹俊彥老師的生命之樹下聆聽蟲鳴鳥叫、吹著涼風，聽著葉片窸窸窣窣輕語，沐浴著枝葉隙縫間瀉落的閃閃陽光，偶而抬頭凝望大樹頂上的白雲藍天，你——也是幸運的。

二〇一四年七月於 日出的台東

國家圖書館出版品預行編目（CIP）資料

曹俊彥的青澀歲月：青春正飛揚的年少求學時光 / 曹俊彥撰文、繪圖；游珮芸 企劃. -- 初版. -- 臺北市：玉山社, 2014.09
面；公分. -- (mini & max ; 15)
ISBN 978-986-294-088-4(平裝)

859.6　　　103015858

Mini & Max 15

曹俊彥的青澀歲月　青春正飛揚的年少求學時光

撰文・繪圖／曹俊彥
企劃／游珮芸
策劃主編／游珮芸
發行人／魏淑貞
出版者／玉山社出版事業股份有限公司
台北市仁愛路四段 145 號 3 樓之 2
電話／（ 02 ）27753736　傳真／（ 02 ）27753776
電子信箱／ tipi395@ms19.hinet.net
玉山社網址／ http://www.tipi.com.tw
郵撥帳號／ 18599799 玉山社出版事業股份有限公司

主編／蔡明雲
執行編輯／鄧慧雯
封面設計／林秦華
行銷企劃／許家旗
業務行政／陳鈞毅
法律顧問／魏千峰律師
印刷／松霖彩色印刷有限公司

初版一刷／ 2014 年 9 月
定價／新台幣 280 元